S. Rebeg

Der Nilbräutigam

S. Rebeg

Der Nilbräutigam

ISBN/EAN: 9783743428560

Hergestellt in Europa, USA, Kanada, Australien, Japan

Cover: Foto ©Andreas Hilbeck / pixelio.de

Manufactured and distributed by brebook publishing software (www.brebook.com)

S. Rebeg

Der Nilbräutigam

Der Nilbräutigam.

Roman

von

S. Rebeg.

Leipzig.
Verlag von Reinhold Werther.
1887.

Der Nilbräutigam.

*Ein Leipziger Professor
Spazierte einst am Nil —
O tempora, o mores.*

Vorrede.

„Der Nilbräutigam" ist keiner Vorrede bedürftig, ebensowenig wie irgend einer Entschuldigung. — Die Gelehrten und Fachleute werden das Werk gehörig zu würdigen wissen, die Ungelehrten und Laien mögen es verdauen, so gut sie können. Ich könnte mich hier des Langen und Breiten über die verschiedenartigsten Dinge ergehen, z. B. über die Seelenwanderung, an welche die Ägypter bekanntlich eben so fest glaubten, wie die Indier und andere uralte Kulturvölker. Ich will das indessen für diesmal unterlassen, obgleich mir damit die schönste Gelegenheit, eine ungeheure Menge von Gelehrsamkeit auszukramen unwiederbringlich verloren geht. Für Ägyptologen und solche, die es werden wollen, bemerke ich hier nur, daß ich, gestützt auf die Autorität der namhaftesten Gelehrten und auf mein eigenes Ermessen, in dem Worte „Muladj" nicht einen Eigennamen, sondern den Titel des Mannes erblicke. Das Wort muladj wird in der Hieroglyphenschrift durch das Bild einer Eule wiedergegeben. Die Wurzel des Wortes: mldj schließt den Begriff des Verbergens, des Verborgenen in sich. Die Eule ist der Vogel, der sich am Tage verbirgt. Bei allen orientalischen Völkern war aber der König durch ein umständliches und prunkvolles Hofzeremoniell von dem Volke abgeschlossen; er war gleichsam der Verborgene, geheimnißvoll Waltende. So erhielt die Hieroglyphe und mit ihr das Wort muladj die Bedeutung der Königswürde. Im Hebräischen können wir in dem Worte melekh (König), wenn wir von den für die Frage unwesentlichen und auch in den Texten nicht geschriebenen Vocalen absehen, dieselbe Wurzel erkennen: mlkh = mldj; denn das kh ist nur eine andere Form des dj. Im Sanskrit erinnert das gleichbedeutende Wort musg ebenfalls an unsere Wurzel. — Der verständige Leser wird des Ferneren wohl begreifen, daß ich so viele Horus', Anubis', Chufu's, Manetho's ꝛc. annehme, als mir beliebt und wohlgefällt. Ich stütze mich auch hierbei natürlich auf berühmte Autoritäten, und, wenn ich für dieses Vorgehen nach einem Analogon in den heutigen Verhältnissen suchen soll, so frage ich einfach: giebt es heutzutage nur einen Lehmann oder nur einen Meyer? Jedermann wird mir darauf antworten müssen: Nein, ganz im Gegenteil, es giebt mehrere, ja sogar sehr mehrere Personen, welche die obgenannten Namen tragen. Also — schließe ich — wenn es heutzutage mehrere Meyers und mehrere Lehmanns giebt, warum sollte es nicht auch im alten Ägypten mehrere Leute ein und desselben Namens gegeben haben? — Im Übrigen mag mir der Leser getrost Alles, auch das Unwahrscheinlichste glauben; denn ich gebe ihm die Versicherung, daß ich in dieser Geschichte nichts erfunden habe, was — wenn wir Zeit und Ort der Handlung berücksichtigen — nicht ebensogut damals wirklich hätte passiert sein können. Die zahlreichen licentiae poeticae aber wird der Kundige leicht herausfühlen und wird sie dem dichtenden Genius zu gute halten.

Lutry am Genfersee,
 im December 1886.

F. Rebeg.

I.

Die Sonne war hinter den lybischen Bergen untergegangen. Nun erglühte der ganze westliche Horizont in feurigem Rot, wie ein ungeheurer phönizischer Purpurmantel. Die uralte Stadt Memphis schien in ein Flammenmeer getaucht zu sein, aus welchem die Tempel mit ihren hochragenden Säulenhallen hoch auflohten in dunkelrot strahlendem Glanze. Das ganze Nilthal entrollte ein Bild, von welchem sich der an seine farbenarme Natur gewöhnte Nordländer kaum einen Begriff machen kann und das — wenn es ein Maler auf der Leinwand festhalten wollte — unnatürlich und übertrieben erscheinen würde.

Nach und nach aber wurden die lebhaften Tinten doch allmälig blässer und blässer und die Luft fing an sich mit der den südlichen Breitegraden eigentümlichen Schnelligkeit abzukühlen. Es würde auch bald eine einigermaßen erträgliche Temperatur entstanden sein, wenn das Gestein der Häuser und Bauwerke, die Lehmwände der Hütten, wenn die Quadern des Straßenpflasters nicht die den Tag über eingesogene Hitze mit aller Macht hätten ausströmen lassen. Jeder einzelne Stein wirkte wie ein

Glutofen, und man hätte sich versucht fühlen können, die
Luft, die in den Gassen von Memphis wehte, mit der=
jenigen eines römischen Dampfbades zu vergleichen, wenn
dieser Vergleich nicht ein absolut unzeitgemäßer, ein ab=
solut anachronistischer sein müßte.

Auch der Fremdling, der mit dem memphitischen
Dienstmann durch die Straßen schritt, empfand diese
drückende Hitze; denn er schnaufte gewaltig und wischte
sich einmal über das andere die feuchte Stirn mit einem
viereckigen, an den Kanten gestickten Linnentüchlein ab,
das er dann wieder in den Falten seines Gewandes barg.

Die hohe Gestalt, der lange weiße Bart und die
helle Hautfarbe würden genügt haben, um den Mann
als einen Nichtägypter erscheinen zu lassen, auch wenn er
sich nicht in der Gewandung von den Bewohnern des
Nilthals unterschieden hätte; denn anstatt des weißen
Linnens, trug er ein langes, faltenreiches Kleid aus bun=
tem, grellfarbigem Wollenzeug. Die Adlernase und das
feurige Auge ließen vermuten, daß der Fremdling einem
semitischen Volksstamme angehöre. Er war denn auch
in der That ein phönizischer Kaufmann und — um den
Leser nicht unnütz auf die Folter zu spannen — soll
gleich hier verraten werden, daß er den Namen Hat=
schim führte und ungeheure Reichtümer besaß.

Sein Begleiter, der memphitische Dienstmann, hörte
auf den damals in Ägypten sehr gewöhnlichen Namen
Anubis und unterschied sich in keiner Weise von seinen
Genossen. Seine ganze Bekleidung bestand in einem
schmalen Lendenschurz, ein Kostüm, welches die prächtige
Muskulatur und die kleidsame, fast ganz schwarze Bronce=
farbe dieses wundervollen Naturkerls äußerst günstig her=

vortreten ließ. Um den Hals hing ihm an einer aus den Fasern des Hanfes hergestellten Schnur ein metallenes Täfelchen, in welches Hieroglyphen eingegraben waren. Die durch ein längliches Rechteck, durch das „Ran" eingerahmten Zeichen enthielten den Namen Anubis, die übrigen bedeuteten die Zahl 67. Es war dies — wie der Leser wohl schon erraten haben wird, Name und Kontrollnummer des Trägers, und so zeigt also dieses Metalltäfelchen einige Ähnlichkeit mit dem Blechschild, das unsere Dienstleute vor der Brust zu tragen pflegen; der Unterschied besteht nur darin, daß in unsrer fortgeschritteneren aber an Poesie ärmeren Zeit der Name darauf verschwunden und nur noch die Kontrollnummer übrig geblieben ist. In der einen Hand trug Anubis ein nicht allzu umfangreiches Kästchen von Cedernholz, dessen Deckel mit einem Henkel oder Handgriff versehen war. Es war dies — wie der hieroglyphische Fachausdruck lautet — die „Orgel" oder der „Seufzerkasten" des Kaufmannes; heutzutage würde man den Gegenstand mit „Musterkoffer" bezeichnen.

Trotz der immer noch drückenden Hitze unterhielten die beiden ein lebhaftes Gespräch und der fremde Kaufmann war eben dabei seinem Führer die einzelnen Merkwürdigkeiten von Memphis zu erklären, als letzterer ihn plötzlich unterbrach und mit ehrfurchtsvoller Miene sagte:

— „Wunderbar, ja sogar sehr wunderbar weißt du Bescheid, o Herr, in unserer Stadt Memphis und manche Belehrung über meinen eigenen Geburtsort verdanke ich dem kurzen Zusammensein mit dir, dem Fremdling. Aber Eins wollte ich wetten, den kennst du noch nicht, der dort in dem prächtigen Gespann mit den vier pannonischen

Rennern, die an Schnelligkeit den Blitz beschämen, daher=
braust. Siehe, eben biegt das Prachtgefährte in die
Cheopsstraße ein."

Mit seinem Lächeln erwiderte Hat=schim:

— „Jedes Jahr führen mich meine Geschäfte nach
dem Nillande und da lernt man denn so nach und nach
jede Stadt, jede Ortschaft und in jeder Ortschaft jede
einzelne Schenke, jedes Bierhaus*), jede Kellnerin darin ge=
nau kennen; aber, bei Moloch und Astarte, du hast Recht,
wer der prächtige, jugendfrische Lenker jenes überreichen
pannonischen Viererzuges ist, weiß ich wahrlich nicht."

---

*) Der Leser erstaune hier nicht über den Ausdruck „Bierhaus".
Es ist dies absolut kein Anachronismus, was nur ein ganz Ununter=
richteter vielleicht auf den ersten Blick glauben könnte. Die Ägypter
kannten schon seit den urältesten Zeiten ein aus Gerste gegohrenes
Getränke das sie „hek" oder „hag", die Griechen aber „zython"
nannten, woraus die Römer später zitum machten. Ich übersetze dies
der Einfachheit wegen mit Bier. Das Wort Bier hat an und für
sich schon für den Leser einen anheimelnden und entschieden angenehm=
eren Klang als das Ägyptische „hek" oder „hag". Sollte aber
Jemand ein so feines Gefühl für Archäologie und Stylvolligkeit be=
sitzen, daß er an dem deutschen Wort Bier Anstoß nehme, so mag er
immer an eines der genannten schönen Wörter denken, wenn von
Bier die Rede ist. Auch den Begriff „Kellnerin" muß ich wahr=
scheinlich einigen absoluten archäologischen Barbaren gegenüber, denen
der Nilbräutigam in die unrechten Hände fallen könnte, energisch
in Schutz nehmen. Die ältesten Überlieferungen der ältesten Kul=
turen, die ältesten Mythologieen berichten überall von einer oder
mehreren Schenkinnen der Götter. Daß erst in der hellenischen Mytho=
logie neben der Hebe auch ein Ganymed auftritt, beweist nur, daß
das Institut der Kellner jüngeren Datums, das der Kellnerinnen aber
das ursprünglichere ist. Auch die antiken Kellnerinnen (d. h. die
Kellnerinnen in Altertum) waren, verbürgten Nachrichten zu folge,
lieblich, hübsch, brav und poussabel.

— „Das hab ich mir gedacht, antwortete der Ägypter, und die treuen Jagdhundsaugen erglänzten ihm gar freudig in seinem Dutzendgesicht.*) Da kann ich dir, o Herr, doch endlich auch einmal Aufschluß geben, damit du mir mein Führerhonorar nicht umsonst zahlest und ich dann von den Obersten der Hermeneutenzunft**) als faul und unbrauchbar gescholten werde."

— „Das sei ferne von mir, daß ich dich bei den mürrischen Alten verklage, erwiderte der Kaufmann. Nun aber erzähle was du weißt; denn die vier feurigen pannonischen Renner werden schwerlich so lange warten bis wir mit unseren Auseinandersetzungen fertig sind, und ich fürchte, selbst die kühnste poetische Licenz kann sie uns nicht so lange in Sicht halten, als wir sie brauchen. Wer ist also jener Rosselenker?"

— „Es ist Neter, der Sohn des Muladj Chufu," sagte Anubis mit wichtiger Miene, und, erfreut darüber, daß er seine Weisheit nun auch einmal auskramen durfte, fuhr er geschwätzig fort: „Der Jüngling verdient in der That seinen Namen Neter, der da bedeutet der Gott, oder der Göttliche; denn er ist der Inbegriff aller Schönheit und Tugend. Er ist der beste Reiter, der gewandteste Wagenlenker, der erste Bogenschütze, der tapferste Krieger, dabei der schönste Mann in ganz Memphis. In der Hauptstadt des Landes, in Theben, am Hofe des Pharao hat

---

*) Das niedere Volk hatte in Ägypten, wie bei uns oft etwas gewöhnliche Gesichter, sogenannte „Dutzendgesichter" wie sie Herr Prof. Georg Ebers nennt, von welchem ich diesen schönen und ungemein bezeichnenden Ausdruck entlehne.

**) Fremdenführerzunft. Die Fremdenführer, Dolmetscher und die verwandten Berufszweige bildeten eine eigene Kaste.

er die feinste höfische Sitte gelernt. Den großen Papyrus des Hathorpriesters Knig-Ge, der da handelt vom guten Ton in allen Lebenslagen, kann er auswendig, einen anderen Papyrus über das was sich schickt und nicht schickt hat er selbst geschrieben, die Weiber jung und alt sind alle in ihn verliebt bis über die Ohren, dabei hält er sich noch die feurigsten Renner und die schönsten Maitressen, Schulden hat er auch wie ein Anführer in der Kriegerkaste — kurz — ganz Memphis ist so entzückt über seine hohe Tugend, daß der Rat der Alten, als er von Theben zurückkehrte — es mögen nun etwa zwei Wochen vergangen sein — ihm zu Ehren alle Straßen mit Blumengewinden bekränzen und die ganze Stadt festlich schmücken ließ. Die ganze Bürgerschaft aber zog ihm in Feierkleidern entgegen. Ja er heißt mit Recht Neter, der Göttliche, der Gott."

Der Wagen des Neter war inzwischen nähergekommen und hielt nun vor einem Garten. Behende warf der Jüngling die Zügel dem schwarzen nubischen Sklaven zu, sprang leicht und graziös zur Erde und eilte dann in den Garten, wo ihn ein kleines allerliebstes Fräulein empfing.

Auch diese war von Hat-schim schon lange bemerkt worden und der Phönizier fragte seinen Begleiter, wer sie sei.

Der gefällige und gewandte Anubis säumte auch keineswegs seinem Herrn zu antworten:

— „Sie heißt Sebeth, ihre Leute haben sie aber ihres munteren Wesens und ihrer kleinen, fast allzuzierlichen Gestalt wegen „das Grasmückchen" getauft*) und

---

*) Die Taufe war schon bei den alten Ägyptern bei gewissen Zeremonien gebräuchlich und ist erst von diesen auf das Christen-

diesen Namen geben ihr nun alle Bewohner von Memphis. Sie ist trotz ihrer Kleinheit die reichste Erbin der ganzen Stadt. Sieh nur, Herr, wie prächtig der Palast dort zwischen den Bäumen hervorschaut und wie schöngepflegt der Garten ist; bis an den Nil hinunter reicht er und er steht voll der seltensten Blumen und Gewächse. Das alles ist aber nur ein kleines Bruchstück des ungeheuren Vermögens, dessen alleinige Erbin das niedliche Grasmückchen ist; denn ihre Mutter, die Witwe Ptasusu besitzt viele Millionen in Gold, Juwelen, in Gütern und Ländereien in Ober= und Unterägypten."

— „Darum sollte die Jungfrau eher „Goldkäferchen" heißen," meinte Hat=schim mit geistreichem Lächeln.

— „Dein Witz ist schlagend, o Herr, und sinnig," sprach der Memphit, indem er sich tief verneigte, „aber sie heißt nun einmal das Grasmückchen und dies wird sich kaum ändern lassen."

— „Der junge Neter bewirbt sich wohl um ihre Gunst und ihre Millionen?" fragte Hat=schim weiter.

— „Das kann ich dir nicht genau sagen, Herr," antwortete Anubis. „Es wäre möglich, obgleich er es eigentlich gar nicht nötig hätte; denn er, oder vielmehr sein Vater, der Muladj, ist noch viel reicher als die Witwe Ptasusu."

„— Also der alte Muladj Chufu lebt immer noch," sagte Hat=schim sinnend und wie in altes Erinnern versunken; „das ist mir lieb zu hören, er gehört zu meinen besten Kunden, und ich hoffe auch diesmal ein gutes Ge=

---

tum übergegangen. Die Anachronismenjäger sind aber wieder angeführt.

schäft mit ihm zu machen. Nun aber wollen wir unsere Schritte nach den Ufern des Niles lenken; dort kenne ich eine liebliche, am Strom gelegene Schenke, wo eine zwar ältliche aber immer noch muntere Wirtin einen vorzüglichen Palmenwein und auch ein ganz anständiges Bier verzapft."

Also gingen die beiden von dannen.

Zur selben Zeit trat auch Neter, des Muladj Chufu Sohn, aus dem Garten der Witwe Ptasusu und bestieg seinen Wagen wieder. Das Grasmückchen folgte ihm und reichte ihm noch ein paar seltene Blumen in den Wagen. Er dankte, verabschiedete sich und fuhr davon. Kaum war er aber wieder in die Cheopsstraße eingebogen, so warf er die armen Blumen verächtlich von sich. — Hatschim mit seinem Adlerblick sah diese schnelle Bewegung des Jünglings, und es gefiel ihm nicht, daß Neter, der Musterhafte, der Tugendreiche also handelte. Arme Blumen, armes Grasmückchen — dachte er — ihr scheint bei diesem herrlichsten unter den memphitischen Jünglingen nicht sehr hoch in der Achtung zu stehen.

II.

Ein gar liebliches, grünes Fleckchen bildete die Schenke des Tabu an der Nilstraße. An das Langhaus schloß sich ein Palmengarten, den luftig kühle Säulenhallen von drei Seiten umgaben, während die vierte dem Strome zugekehrt war. Hier pflegten denn auch abends zahlreiche Gondeln und viele schöngeschmückte Boote anzulegen, da die fashionable Welt von Memphis die kühle Tageszeit gern in dem reizend gelegenen Garten zubrachte, wo sie sich an den Getränken, die der biedere Tabu ausschenkte, nicht weniger erlabte als an den weit und breit berühmten Spritzkuchen und Strauben seiner Frau Phaus.

Hierher hatte also auch der phönizische Kaufmann Hat-schim seine Schritte gelenkt, und Anubis, der Dienstmann war ihm gefolgt.

Kaum hatten sie den Garten betreten, so kam auch schon ein in weißes Linnen gekleideter Aufwärter tänzelnden Schrittes heran und fragte den Fremdling, wo er zu ruhen wünsche. Hat-schim sah sich um und bezeichnete ihm den Platz unter einem Palmbaum, von wo er den Blick weithin über den belebten Strom schweifen lassen konnte. Sogleich breitete der Aufwärter an der bezeichneten Stelle einen Teppich aus, auf welchen der Phönizier sich niederließ. Anubis blieb hinter dem Herrn stehen und erst auf einen Wink desselben kauerte er bescheiden neben dem Teppich zur Erde; so wollte es die Sitte. Inzwischen hatte der Aufwärter einen dicht beschriebenen Papyrusstreifen aus den Falten seines Gewandes hervorgezogen; mit einer Verbeugung reichte er diesen Hat-schim dar und sprach:

— „Hier, Herr, wähle, womit du dich erquicken willst, was du auch wählen wirst, es sei Speise oder Trank, du wirst es des Lobes wert finden".

Hat-schim nahm den Papyrusstreifen und gab ihn an Anubis, damit ihm dieser vorlese was darauf geschrieben stand; denn dem Phönizier war wohl die Landessprache, nicht aber die demotische Schrift geläufig, deren sich die Ägypter im gewöhnlichen Leben bedienten.

Während nun der treue Anubis die verschiedenen Speisen und Getränke ablas, die auf dem Papyrusstreifen verzeichnet standen, war der gelenkige Aufwärter schon wieder hinweggeeilt, um ein kleines leichtes Tischchen aus Rohrgeflecht herbeizuholen und vor den Gast hinzusetzen. Als Anubis mit seiner Vorlesung fertig war, bestellte Hat-schim einen Krug Memphisberger Auslese und eine Portion Gänsebraten*); — einem hübschen, saftigen Brust-

---

*) Der Leser wird über den Memphisberger nicht erstaunt sein; denn die alten Ägypter bauten natürlich Wein. Nicht nur in der Bibel wird des Weines des Pharao erwähnt, sondern auch auf vielen Denkmälern und in unzähligen Urkunden kommt das Wort arp (Wein) vor. Ein Papyrus enthält sogar verschiedene Trink- und Wirtshausregeln. Aber auch die Gans (ägyptisch apet) war ein so populäres Tier, daß ihr Bild, in gebratenem und ungebratenem Zustande, in der Hieroglyphenschrift unzählige male wiederkehrt.

stück würde er den Vorzug geben. Zum ägyptischen Biere, so sehr es ihm auch Anubis anpries, hatte er kein rechtes Zutrauen. Bald stand das Verlangte vor ihm und er fing an seinen Hunger zu stillen. Anubis kauerte unterdessen getreulich neben dem Teppich und suchte den Phönizier durch seine Gespräche zu unterhalten; denn an der Mahlzeit seines Herrn teil zu nehmen, war ihm, dem Geringeren, durch Gesetz und Sitte strenge untersagt. So wies er ihm denn diesen und jenen von den Gästen des Tabu und erzählte, wer er wäre und was seine Handtierung, sein Amt und seine Würde sei. Aber alles schien den Kaufmann nicht so sehr zu interessieren, als dasjenige, was er ihm über den Muladj Chufu und seine Familie berichten konnte, und immer wieder kam er auf dieses Thema zurück.

— „Also Muladj darf er sich immer noch nennen und Statthalter des Pharao ist er auch immer noch?" — fragte Hat-schim, nachdem er einige Zeit vor sich hin gebrütet hatte. „Gestattet ihm denn seine Kränklichkeit, das Amt gehörig zu verwalten?"

— „Ja, Herr," antwortete Anubis — „der Pharao hat ihm Amt und Titel gelassen, und wahrlich er hätte kaum einen Würdigeren finden können; denn niemals ist eine Klage wider ihn laut geworden und alles Volk nennt ihn den Gerechten."

— „Mir ist" — frug Hat-schim weiter — „als ob der Muladj außer Neter noch andere Kinder gehabt hätte."

— „Du hast Recht, o Herr, er hatte noch einen Sohn und eine Tochter. Die Tochter hat das böse Fieber hinweggerafft, der Sohn aber wurde in einem Kriegszuge von den wilden Nubiern erschlagen. Doch er war ver=

heiratet und hinterließ ein Töchterchen, die kleine, lieb=
liche Naïdja; auch ihre Mutter fiel dem bösen Fieber zum
Opfer, kurz nachdem der Vater gefallen war. Nun lebt
Naïdja bei ihrem Großvater und erheitert seine alten
Tage durch ihre frische Jugend; und, obgleich sie kaum
zehn Jahre zählt, ist sie doch schon klüger als mancher
Jubelgreis, sie giebt jedem etwas zu raten auf. Doch,
was rede ich da lange; siehe, eben kommt der Muladj
mit seiner ganzen Familie hieher."

Dabei wies er auf ein prächtiges Boot, das sich
unter den kräftigen Ruderschlägen von fünfzig Sklaven
der Landungsbrücke näherte, die aus dem Garten des
Tabu in den Nil hinausragte.

Der Wirt selber und Phaus, seine corpulente Gattin,
waren beim Herannahen so hohen Besuches an's Ufer
geeilt, um die vornehmen Gäste würdig zu empfangen.

Zuerst wurde der Muladj Chufu auf einem pur=
purnen Polster von vier Sklaven ans Land getragen;
ihm folgte seine immer um ihn besorgte Gattin Cheretris,
und sein Sohn, der göttliche Neter, war mit Decken und
Kissen bepackt, die zu seines Vaters Bequemlichkeit dienen
sollten. Neben Neter aber schritt aus dem Boote eine
erhabene Frauengestalt, so stolz und schön, daß sie eben
nur neben diesem idealen Mann, und neben keinem andern
der Welt gepaßt hätte. Jede Beschreibung ist machtlos
dieser wunderbaren Erscheinung gegenüber. Ich muß
daher den Leser bitten, er möge sich das idealste, das
schönste, das tugendsamste, das himmlischste, göttlichste
Weib ausmalen, das sich seine Phantasie überhaupt vor=
stellen kann; dann mag es vielleicht stimmen.

Auch Hat-schim erstaunte über dieses wundervolle Frauenbild, und er fragte Anubis, wer sie sei.

Dieser antwortete: „Sie ist eine entfernte Verwandte des Mulabj. Ihr Vater war ein tapferer Kriegsheld, er ist wahrscheinlich umgekommen, aber eigentlich weiß man nicht genau, wo er geblieben ist. Nun hat Pa-Lua, so heißt die Jungfrau, bei dem Mulabj eine Zufluchtsstätte gefunden, aber Niemand ist sonderlich entzückt von ihr. Sie ist zwar sehr schön, das muß ihr der Neid lassen, doch halten sie die Leute für überspannt, und es mag auch etwas daran sein; denn sie soll von Isis und Osiris nichts wissen wollen und einem andern Gotte dienen, so sagt man. Von allen am wenigsten zugethan ist ihr wohl Cheretris, des Mulabj Weib."

— „Was von der Mutter gilt, scheint nicht auch vom Sohne zu gelten," unterbrach der Kaufmann seinen Begleiter; „denn sieh nur, wie gefällig sich Neter gegen seine Verwandte zeigt, wie er überall um sie bemüht ist und mit was für Blicken er sie anschaut; wahrlich ganz anders, als vorhin das arme Grasmückchen. Die andern scheinen gar nicht für ihn vorhanden zu sein. Aber sage, das kleine Fräulein, das eben jetzt an der Hand jener etwas merkwürdig aussehenden Dame das Land betritt, ist wohl Naïdja, fürwahr, sie scheint ein allerliebstes Kind zu sein."

— „Ja Herr, so ist es."

— „Und jene dort, die sie an der Hand führt?"

— „Das ist Fräulein Uarda, eine berühmte Pädagogin aus Theben, die sich mit der Erziehung der kleinen Naïdja befaßt."

Auf diese Weise erklärte Anubis dem phönizischen

Kaufmann alles was in seiner Macht stand; dieser aber beobachtete von seinem Platze aus, ohne selbst gesehen zu werden, die Familie des Mulabj, die sich inzwischen unter den Palmen gelagert hatte.

Diesmal aber sprangen nicht die behenden Aufwärter herbei, sondern die eigenen Sklaven des Mulabj legten Decken und Purpurkissen für die vornehme Familie zurecht, und Neter bereitete eigenhändig seinem Vater einen bequemen Sitz. Nun erst konnte Tabu, der Wirt, der Ehre Ausdruck geben, die seinem Hause durch so hohen Besuch widerfahren sei. Seine Gattin Phaus aber schnitt ihm gar bald das Wort ab und fuhr nun ihrerseits fort, sich in den wunderlichsten Complimenten zu ergehn: Wie sie das freue, daß der junge Herr wieder zurück sei; sie sei auch zu seinem Einzug hinausgegangen, denn sie habe es kaum erwarten können, ihn wiederzusehen. Er habe doch vor seiner Reise auch öfter ihr Haus beehrt; sie habe es zwar gar wohl gemerkt, er sei ja mehr ihrer Tochter wegen, der schönen Chrusis gekommen, als etwa wegen ihr, aber es habe sie doch gefreut. Und die Chrusis habe ihn so gern gehabt.

Bei diesen Enthüllungen schoß Frau Cheretris böse Blicke nach ihrem Sohne, während Uarba, die Erzieherin, verlegen in den Schoß sah.

Die gute Phaus aber, die nicht so feinfühlig war, das Unpassende ihrer Reden zu bemerken, fuhr ganz gelassen fort: Ja, und die Chrusis möchte ihn auch so gerne wieder einmal sehen, sie sei noch immer ganz vernarrt in ihn. Bald nach seiner Abreise habe sie einem Büblein das Leben geschenkt, einem reizenden Büblein, es habe dieselben Augen und dieselben Locken wie er. Und nun hätten sie die Chrusis an einen braven Mann, an den Fährmann Kuwan verheiratet; aber sie sei halt immer noch in den schönen Neter verliebt . .

Bei diesen ungeschminkten Reden war die arme Erzieherin immer verlegener und verlegener geworden; sie wußte gar nicht mehr wo sie hinblicken sollte. Endlich faßte sie, kurz entschlossen, ihren Zögling bei der Hand und sagte: „Komm Kind, wir wollen ein paar Blümlein pflücken gehn."

Aber die kleine Naïdja war damit gar nicht einverstanden, sondern sperrte sich und rief weinend: „Immer soll ich weg, wenn von Onkel Neter gesprochen wird. Ich will aber nicht weg, ich habe den Onkel Neter viel zu gern. Und die Chrusis habe ich wohl gekannt; sie hat mir einmal süße Trauben gegeben, sie war gut und nicht garstig."

— „Das süße Kind" — fing nun die Wirtin wieder an — „siehe Herrin, so war meine Chrusis auch immer, sie wollte überall dabei sein, sie wollte alles hören und sehen."

Da fiel Frau Cheretris der Geschwätzigen endlich ins Wort indem sie sagte:

— „Gute Frau, lassen wir jetzt deine Tochter, der es wohl gehen möge, gehe nun lieber und bringe uns von deinen berühmten Spritzenkuchen ein gutes Teil und eine Schüssel voll deiner delicaten Strauben; denn, sie zu kosten, sind wir hergekommen. In ganz Ägyptenland weiß sie niemand so gut zu bereiten wie du."

Da entfernte sich die Wirtin geschmeichelt, um das

Verlangte eilends herbei zu schaffen und so kam die Familiengruppe allmälig wieder ins Gleichgewicht.

Hat-schim aber, der kein Wort von allen den Reden verloren hatte, dachte bei sich selber: Anubis hat recht, alle Weiber sind in den schönen Neter verliebt, aber er ist flatterhaft, wie der Wind. Und er schüttelte sein weises Haupt.

Neter aber ergriff eine kleine dreieckige Harfe und fing an darauf zu spielen. Er war ein Meister auf diesem Instrumente und in seinem Spiel lag seine ganze Seele. Seine ganze Seele war aber in diesem Augenblick nur Liebe, und zwar Liebe zu Pa-Lua. Von ihren Augen schien er die Töne abzulesen, die er seiner Harfe entlockte. Er sang die rührendsten Lieder; die drangen Pa-Lua tief ins Herze, und zum ersten Male fühlte sich die verlassene Waise geliebt.

Und doch konnte sie es kaum fassen, daß sie geliebt werde; geliebt! und von wem? von dem schönsten Jüngling in ganz Ägypten, von dem Ideal aller Männer am Nil. Sie glaubte zu träumen und wagte kaum zu atmen, um nicht zu jäh aus diesem schönen Traume, dem ersten schönen Traume ihres bisher so traurigen Lebens zu erwachen.

Zwar traf sie mancher bitterböse Blick aus den Augen der Frau Cheretris, aber sie sah es nicht. Sie sah nur ihn, sie hörte nur ihn, den sie schon lange geliebt, der nun aber ihr ganzes Sein und Denken erfüllte. So hing sie immerfort schwärmerisch an seinen Blicken.

Der Muladj saß während dieser ganzen Zeit beinahe teilnahmlos da; nur hin und wieder griff er nach einem zierlich gearbeiteten Büchschen und entnahm demselben ein weißlich aussehendes Kügelchen, das er verschluckte. Dann versank er wieder in seinen apathischen Zustand.

Neter fuhr unterdessen immer fort zu singen und zu spielen, und alle, selbst Hat-schim an seinem versteckten Platze, lauschten seinen Weisen mit Entzücken. Nur Uarda, die Erzieherin, wurde immer trauriger und trauriger. Sie war zwar von seinem Gesange nicht weniger hingerissen als die andern, aber ach, sie war eine gar zu schwärmerische Jungfrau und dazu noch eine Jungfrau in reiferen Jahren. Auch sie hatte ein fühlendes Herz, und dieses reife, fühlende Herz hatte sie schon längst heimlich Neter geschenkt. Er aber schien es zu verschmähen; denn sein Singen und sein Spielen galt nicht ihr, sondern der anderen, der so viel Schöneren, der herrlichen Pa-Lua. Doch hatte Uarda einen viel zu herzensguten Charakter, als daß sie ihrer Rivalin das Glück hätte mißgönnen können. Nein, sie wußte ja, daß sie neben dieser wunderschönen Jungfrau zurückstehen mußte, aber nicht einmal eines Blickes gewürdigt zu werden, das machte sie traurig, tief traurig.

Dieser schwärmerischen Traurigkeit und jener gefühlvollen Seligkeit bereitete nun aber Frau Cheretris ein jähes Ende, indem sie rasch und mißgestimmt zum Aufbruch drängte. Es werde schon zu kühl, meinte sie, und der Vater dürfe der Nachtluft nicht allzulange ausgesetzt werden. Die Sklaven hatten schon seit geraumer Zeit Fackeln angezündet und so begab sich denn die ganze Gesellschaft wieder in das Boot.

Hat-schim schaute dem erleuchteten, sich langsam ent-

fernenden Fahrzeuge, dessen Fackeln einen glänzenden Licht=
streifen über die Fluten warfen noch lange nach. Eine
Zeit lang schallten noch Peters Lieder über das Wasser
bis zu ihm, nach und nach aber verklangen sie leiser
und leiser; und es ward stille rings umher. Nun dachte
auch er an's Aufbrechen und begab sich mit seinem Be=
gleiter nach der Herberge, wo er Quartier genommen hatte.

III.

Cheretris, des Mulabj Chufu Gattin, hatte in der Nacht, die auf den geschilderten Abend folgte wenig und schlecht geschlafen. Ihr großer und schöner Sohn Neter, der ihr Abgott war, machte ihr große Sorgen. Endlich sollten doch nun die Tändeleien aufhören. Eine solide Ehe sollte alledem ein Ende machen. Und sie hatte ja schon — dazu sind bekanntlich die Mütter erwachsener Söhne nur allzugerne bereit — unter den Jungfrauen des Landes für ihn gewählt. Hübsch, natürlich, mußte ihre zukünftige Schwiegertochter sein, vor allen Dingen aber reich, sehr reich, so reich wie möglich. Unter diesem Gesichtspunkte war denn ihre Wahl auf Sebeth, das Grasmückchen, gefallen; denn eine reichere Erbin war nicht nur in Memphis, sondern sogar in ganz Ägypten kaum aufzutreiben. Mit der Mutter des Mädchens, mit der Witwe Ptasusu war alles schon freundschaftlichst besprochen und bis aufs Kleinste geordnet, so, daß die beiden jungen Leutchen nur hätten „ja" dazu sagen brauchen. Das Grasmückchen war mit dem Plane auch ganz einverstanden; denn sie schwärmte für Neter wie alle jungen Mädchen in Memphis und anderwärts; aber Neter selbst; wie stand es mit ihm?

Als er aus der Residenz des Pharao zurückgekehrt war, hatte sie gehofft, ihn leicht zu der Heirat bestimmen zu können; ja er war sogar schon halb und halb auf ihren Plan eingegangen. Das Grasmückchen schien ihm nicht gerade zuwider zu sein; denn er war wenigstens immer gut und freundlich mit dem Mädchen gewesen. Aber was war das nun wieder? diese nur allzu offen zur Schau getragene Schwärmerei für Pa=Lua? Wie konnte er sogar in ihrer, der Mutter, Gegenwart seiner Leidenschaft freien Lauf lassen, da er doch ihre Pläne und Wünsche kannte. Da that schleuniges Einschreiten not.

Cheretris war eine ziemlich resolute Frau, darum beschloß sie die Sache sobald als möglich ins Reine zu bringen. Sie begab sich also zuerst zu ihrem Manne, um ihm den Fall vorzutragen.

Der Mulabj lag, wie gewöhnlich auf dem Ruhebett*) und träumte vor sich hin. Mit ihrem Heiratsprojekt war er zuerst nicht so recht einverstanden; denn er meinte:

— „Du hättest für unsern Neter wohl eine größere Frau aussuchen können als die kleine Sebeth der Witwe Ptasusu. Siehe, wir Mulabjs sind von uralter Zeit her immer große und schöne Männer gewesen, nun wird uns das winzige Grasmückchen die Raçe verderben. Bedenke das nochmals, liebe Frau und kette nicht zwei so ungleiche Leutchen zusammen. Nun aber reiche mir mein Büchslein."

Frau Cheretris hatte das Büchschen in der Hand, drehte es hin und her, beschaute es aufmerksam von allen Seiten; sie reichte es aber ihrem Manne nicht, sondern

---

*) Bei den alten Ägyptern war, wie zahlreiche Abbildungen bezeugen, ein unserer Chaise longue sehr ähnliches Sopha im Gebrauch.

sagte: „Nicht wahr, liebster, bester Chufu, Neter und Sebeth sollen ein Paar werden? Sage ja!" — Dabei zeigte sie ihm das Büchschen.

— „Ja doch, ja, aber gieb mir doch endlich mein Büchschen," rief der Kranke in großer Aufregung.

Nun erst gab sie es ihm und sprach: „So ist es recht, Alterchen, ich wußte es ja, daß auch dir die Verbindung der Beiden am Herzen liegt. Hier hast du nun auch deine Pillen."

Gierig griff Chufu nach seinem geliebten Büchschen, nahm gleich zwei Pillen heraus und verschluckte sie.

Die feinen weißen Kügelchen enthielten aber Opium, das betäubte ihn und ließ ihn seine Schmerzen vergessen; er hatte sich nach und nach so sehr daran gewöhnt, daß er es schon gar nicht mehr entbehren konnte.

Als der Muladj infolge seiner Opiumpillen wieder in seine gewöhnliche Träumerei versunken war, begab sich Frau Cheretris nach dem Gemach ihres Sohnes. Sie fand ihn damit beschäftigt Gedichte an Pa=Lua zu machen; denn dieser wunderbare Jüngling war auch ein vorzüglicher Poet.

Als Neter die Mutter erblickte sprang er freudig auf und wollte sie umarmen. Sie aber wehrte ihn sanft ab und sagte:

— „Laß das für jetzt; denn was können mir deine Küsse frommen, wenn dein Herz mir nichts nachträgt? Haben wir nicht Alles gethan, um dich zu dem Ideal zu erziehen, das du nun geworden bist? haben wir dir je eine Freude versagt? Hat der Vater, als du von Theben zurückkamst nicht gutwillig und ohne auch nur ein Wort zu sagen alle deine zahlreichen Schulden berichtigt?

Haben wir dir je wegen deiner zahlreichen Liebschaften ein böses Wort gegeben? sei es wegen der Chusis — wo der Vater mit einem erklecklichen Sümmchen herausrücken mußte, sei es wegen der Memna, der Fabriksklavin, oder wegen Netitis, der vornehmen jungen Witwe in Theben, obgleich das letztere Verhältnis das Gespräch des ganzen Landes bildete und fast ein Skandal zu nennen war? Und nun willst du deinem Vater und mir nicht einmal den kleinen Gefallen thun und die niedliche Sebeth hei=
raten, obgleich sie nicht nur artig und nett, sondern auch schrecklich reich ist? Zu dem seid ihr ja schon so gut wie verlobt. Was soll denn meine Freundin Ptasusu von mir und meinem Versprechen denken, wenn sie erfährt, daß du nun wieder diese Fremde, diese Pa=Lua, an=
schwärmst? Junge, das geht doch nicht!" —

— „Aber Mutter, ich liebe sie nun einmal" — rief Neter feurig — „und zwar habe ich bemerkt, daß es dies=
mal die allein richtige Liebe ist; alle andern sind mir ganz gleichgültig, und selbst aus der schönen Netitis, die mir doch bis jetzt noch die liebste von allen war — mache ich mir nichts mehr; aber von Pa=Lua kann ich nicht lassen, ich liebe sie und ich werde sie immer lieben."

— „Nun denn, bei Isis und Osiris, so liebe sie doch, wenn es nicht anders sein kann — obgleich ich nicht weiß, was du so Besonderes an ihr findest. Sie ist zwar schön, ist aber nur mäßig reich, lange nicht so reich wie die Sebeth. Aber liebe sie immerhin, doch — bitte lieber, guter Junge, — nicht so öffentlich, diesen kleinen Gefallen kannst du deiner Mutter wohl thun. Und die Sebeth heiratest du, nicht wahr?"

Da wurde endlich das Herz des guten Neter weich

und er konnte den flehentlichen Bitten seiner geliebten Mutter nicht länger widerstehen.

— „Nun denn" — sprach er — „ich will mir's bis morgen überlegen; dann will ich dir die Entscheidung sagen."

Als Cheretris ihren Sohn so weit hatte, wollte sie nicht länger in ihn bringen, sie sagte also nur noch: „Nun magst du mir auch einen Kuß geben," und nachdem der Sohn sie innig umarmt und geküßt hatte, verließ sie sein Gemach ziemlich befriedigt mit ihrem Erfolge.

Als die Mutter gegangen war wollte der gehorsame Neter die angefangene Ode an Pa=Lua vollenden, aber er war nicht mehr recht im Zug und darum legte er die Arbeit bald weg. Bei sich selber aber dachte er: Geliebt wird die göttliche Pa=Lua doch, unter allen Umständen. — —

Während Frau Cheretris bei ihrem Sohne gewesen war, hatte sich der Kaufmann Hat=schim beim Muladj melden lassen. Dieser hatte ihn durch einen Sklaven ersuchen lassen, noch zwei Stunden in dem prächtigen Vorzimmer zu verziehen, dann würde er ihn gerne Audienz erteilen. Die zwei Stunden benutzte der Muladj dazu, Opiumpillen zu schlucken und nach seiner Gewohnheit zu träumen. Nach Ablauf derselben berief er alle Glieder seiner Familie zu sich, damit auch sie die Waren des Hat=schim bewundern möchten. Hat=schim aber verbrachte die Wartezeit damit, daß er das prächtige Gemach, in welchem er sich befand, des genauesten musterte und die Bilderinschriften, welche die Wände bedeckten, zu enträtseln suchte, was ihm jedoch nicht gelang. Endlich erschien ein Sklave, der ihn in das Gemach des Muladj beschied. Als er eintrat fand er schon die ganze Familie Chufu's, die er den Abend zuvor kennen gelernt hatte, versammelt. Nach der umständlichen Begrüßung forderte ihn Chufu mit der Stimme eines Träumenden auf, seine Waren auszubreiten.

Hat=schim öffnete also seinen Kasten und legte den Damen verschiedenartiges Geschmeide vor. Da waren Armspangen, Halsketten, Ringe, Ohrgehänge, reich mit Goldblech beschlagene Gürtel, Stirnreife im ägyptischen und im syrischen Geschmack und vielerlei sonstiger Tand. Der Mulabj hieß die Frauen wählen und jede nahm was ihr zusagte; Chufu aber bezahlte alles ohne zu feil=schen oder zu handeln.

Nur Pa=Lua wollte sich nichts wählen; als ihr aber Neter selbst einen Armreif bot, nahm sie ihn dankend. Cheretris warf zwar, als sie dieses Spiel bemerkte, ihrem Sohne wieder einen vorwurfsvollen Blick zu, der aber sagte ihr: Morgen, Mütterchen, morgen! und da war sie zufrieden.

Als diese kleineren Geschäfte abgewickelt waren, machte Hat=schim ein höchst feierliches Gesicht, und, indem er das unterste Fach seines uns schon bekannten Seufzer=kastens aufzog, sprach er:

— „Großer Mulabj gestatte, daß ich dir noch eine Ware unterbreite, die ihres gleichen nicht hat auf Erden. Ihretwegen ganz allein habe ich die weite Reise nach Memphis gemacht, nur um sie dir, o Herr, vorlegen zu können; denn ich bin überzeugt, daß ich in der ganzen civilisierten Welt für dieses Prachtstück keinen würdigeren Käufer auffinden kann." Damit breitete er ein großes Stück kostbaren Stoffes aus, das flimmerte und glänzte in allen

Farben des Regenbogens; denn wenn man näher zusah, so bestanden die wundervollen Stickereien womit der Stoff über und über bedeckt war aus lauter kostbaren Edelsteinen.

— „Du siehst hier, erhabener Gebieter" — sprach Hat-schim weiter — „den Mantel der großen Königin Semiramis, der mir durch ein günstiges Geschick in die Hände gefallen ist. Ich glaube nicht, daß jemals ein Kaufmann etwas so Prächtiges zum Verkaufe angeboten hat, und wenn du es erwirbst, Herr, so überstrahlst du selbst den Pharao: denn er hat in allen seinen Schätzen nichts Ähnliches aufzuweisen. Nur hunderttausend Goldstücke verlange ich, dafür ist der Mantel beinahe geschenkt; denn siehe Herr, allein der große Rubin, der hier im Mittelpunkte des Gewebes haftet, ist mit dieser Summe kaum bezahlt."

— „Hunderttausend Goldstücke," riefen alle verwundert, „einen solchen Preis kann ja gar Niemand zahlen, und wenn Jemand ihn zahlen könnte, würde er ihn wohl für einen Mantel, und wäre er noch so kostbar, hergeben?"

Chufu allein sagte gar nichts, sondern griff nach einem Stückchen Papyrus, ließ sich Rohrfeder und Schreibfarbe reichen und warf ein paar Worte auf den Zettel. Diesen aber reichte er dem Kaufmanne mit den Worten:

— „Da nimm — ich danke dir, daß du mir den Mantel vorgelegt hast; denn ich will ihn behalten — gehe zu meinem Schatzmeister, weise ihm diesen Schein und er wird dir die verlangte Summe ausbezahlen und und noch etwas darüber für deine Mühe. Und nun gehe hin in Frieden."

Da erstaunten alle Anwesenden noch viel mehr; be=
sonders aber Neter. Dieser dachte bei sich selbst:

— So reich also ist mein Vater, daß ihm hundert=
tausend Goldstücke sind wie ein Nichts: das will ich mir
für vorkommende Schuldenfälle merken!

Als der Kaufmann sich erfurchtsvoll und dankbar
verabschiedet hatte und alle Familienglieder bis auf Neter
und Cheretris hinausgegangen waren, fragte letztere
ihren Gemahl, was er nun mit dem so teuer erstande=
nen Mantel zu machen gedenke. Da antwortete er:

— „Du weißt ja, liebe Frau, daß ich in meiner
Jugend die Götter schwer beleidigt habe, darum soll nun
dieser kostbare Mantel ihrem Dienste geweiht sein und
seine Juwelen sollen den heiligen Apis schmücken. Nun
erst kann ich in Frieden sterben; denn ich sehe es als
eine besondere Fügung Osiris' an, daß mir vergönnt war
dieses kostbare Juwel noch vor meinem Ende zu erwerben.
Der Totenrichter aber wird mir diesen Mantel in die
Wagschale des Guten und Gerechten legen und so wird
sie überwiegen und schwer hinabsinken zu meinem Heile."

Da ward Cheretris sehr gerührt und sie umarmte
ihren Gatten unter Thränen; Neter aber ward in seinem
Innern unwillig, daß die edeln Steine einen Stier
schmücken sollten, und er hätte doch so manchen bessern
Platz für sie gewußt. Auf Geheiß seines Vaters aber
verschloß er den Mantel einstweilen in die festeste Truhe
des Vorgemachs und nahm den Schlüssel mit sich.

Hat=schim reiste des anderen Tages, nachdem er die
Summe beim Schatzamte des Mulabj erhoben hatte, von
Memphis ab. Beim Abschiede sprach er aber noch zu
seinem getreuen Anubis:

— „Nun kann ich vom Schauplatz abtreten; denn ich habe allhier meine Mission erfüllt und, nach dem Ratschluß der Götter, die tragische Geschichte in den Gang gebracht. Denn nun wird das Unheil nahen unter jeder Gestalt, auf daß zum Schluß, wenn alle überflüssigen Leute gestorben sein werden, das Glück dem übriggebliebenen Paare erstrahle."

Der brave Anubis aber schüttelte den Kopf; denn er konnte die Worte des Phöniziers nicht begreifen. Und so wird es — bis auf Weiteres — dem Leser wohl auch ergehen.

IV.

Am Abend desselben Tages durchirrte der Dienstmann Anubis die Straßen der Stadt Memphis, um sich wieder neue Arbeit zu suchen. Auf dieser Wanderung kam er auch in die Nähe des Palastes des Mulabj und wandelte, den rätselhaften Worten des phönizischen Kaufmanns nachsinnend, eine Zeitlang vor dem weitläufigen Gebäudecomplex der Statthalterei auf und nieder. Da fühlte er sich plötzlich leicht an der Schulter berührt, und vor ihm stand eine alte schwarze Sklavin, die ihn ersuchte, er möchte ihr zu ihrer Herrin folgen, die ein Geschäft für ihn habe. Anubis folgte der Alten bereitwillig. — Diese führte ihn durch ein verborgenes Seitenpförtchen in den Palast des Chufu, und Anubis sah sich, nachdem er einige Höfe, Corridore und dunkle Treppen überschritten hatte, plötzlich in einem vornehm ausgestatteten Wohngemache und der schönen Pa=Lua gegenüber. — Diese fragte ihn mit holdseligem Lächeln:

— „Wie ist dein Name und welches ist deine Nummer?"

Anubis wies auf das Metallschildchen, das er auf seiner Brust trug und sagte:

— „Ich heiße Anubis und die 67 ist meine Nummer,

wie du, o Herrin, es hier auf meinem Schilde sehen magst."

Pa-Lua besah den Schild des Anubis sorgfältig und trug dann seinen Namen und seine Nummer in ein Täfelchen ein. Dann fragte sie weiter:

— „Kann ich dir vertrauen in allen Dingen und willst du mir Verschwiegenheit geloben über alle Geschäfte, wozu ich dich gebrauchen werde? Es soll dein Schade nicht sein."

Anubis versprach strenge Verschwiegenheit.

Da ging Pa-Lua nach einem Schrein, öffnete ihn und holte einen kostbaren Stirnreif daraus hervor, den sie dem Dienstmann mit den Worten darreichte:

„Dieses Diadem hat meine Altermutter von dem großen Ramses erhalten; bis heute war es mir heilig, nun soll es aber höheren Zwecken geopfert werden. Versuche, ob du den großen Rubin, der in der Mitte des Reifes sitzt, herausbrechen kannst."

Anubis versuchte es, und es gelang ihm auch mit vieler Mühe, den Stein aus seiner Fassung zu lösen.

Als er damit zu stande gekommen war, fragte Pa-Lua weiter:

— „Sage mir, kennst du nicht in Memphis irgend einen Juwelier oder einen Geschäftsmann, bei dem ich diesen kostbaren Stein versetzen könnte. Er ist wenigstens hunderttausend Goldstücke wert, aber ich will zufrieden sein, wenn er mir zehntausend darauf borgen will; denn dieser Summe bedarf ich um meinen Vater zu befreien, der, — wie ich erst heute aus sicherer Quelle erfahren habe — nicht tot ist, sondern nur in schwerer Gefangenschaft schmachtet. Der ganze Plan muß aber geheim bleiben, darum wende ich mich nicht an den Mulabj, der mein Vermögen verwaltet, sondern ziehe es vor, mir auf diese Weise Geld zu schaffen. Weißt du also Jemand, der mir diese Summe auf den Stein borgen könnte?"

— „Brauchst du das Geld sogleich, Herrin, oder hat die Sache ein paar Tage Zeit?" fragte Anubis.

— „Sogleich brauche ich es und womöglich noch diesen Abend."

— „Dann weiß ich nur einen Juwelier, der reich genug wäre, die verlangte Summe in so kurzer Zeit zu beschaffen, es ist dies der Jude Hananel."

— „Hananel? Ich glaube ich habe schon von ihm reden hören. Ist es nicht derselbe, dessen Urgroßvater seinerzeit aus der Wüste desertierte und zu den Fleisch= töpfen Agyptens zurückgekehrt ist, weil er das Manna nicht vertragen konnte?"

— „Derselbe, Herrin; aber er ist ein ehrlicher Mann und auch der Mulabj macht mit ihm Geschäfte."

— „Dann gehe zu ihm und bringe mir bald Bericht."

Mit diesen Worten entließ die schöne Pa=Lua den Dienstmann Anubis, und die schwarze Sklavin geleitete ihn wieder hinaus.

Als die Thüre sich hinter den beiden geschlossen, atmete die schöne Bewohnerin des Gemaches erleichtert auf. Die Ahnfrau — sprach sie zu sich selber — wird mir verzeihen, daß ich dieses heilige Andenken versetze; aber es muß sein. Den eigenen Vater kann ich doch nicht in der Gefangenschaft schmachten lassen.

Doch sie hatte kaum Zeit, den Gedanken richtig aus= zudenken, da öffnete sich schon wieder die Thüre ihres Gemaches und herein huschte die schwarze Sklavin.

— „Herrin" — sprach sie leise — „die Arbeitszeit der Fabrik und die Bureaustunden der Kanzlei sind vorüber, in Folge dessen ist auch das kleine Pförtchen, durch welches ich den Dienstmann eingelassen habe, schon verschlossen. Wie soll ich ihn jetzt wieder hinaus lassen?"

„Das ist fatal," antwortete Pa-Lua; „aber nun gilt es die Fassung nicht zu verlieren. Sage dem Manne, er soll warten bis es ganz dunkel geworden ist, dann werde ich ihn selber durch das Haupthaus hinausgeleiten. Ich weiß noch einen andern Ausgang, aber um dahin zu gelangen muß man den Vorsaal des Mulabj passieren, und das können wir erst, wenn alle Hausbewohner zur Ruhe gegangen sind; denn es wäre entsetzlich, wenn mich Jemand zu so später Stunde mit dem Dienstmann antreffen würde. Was würden die Leute von mir denken?"

Anubis wartete also geduldig. — —

*   *   *

Inzwischen war auch Neter unruhig in seinem Gemache auf- und abgegangen. Er wußte nicht recht was er wollte. — Zuerst griff er zur Harfe und versuchte ein Lied zu singen, aber er war nicht gut bei Stimme. So schleuderte er denn das unschuldige Instrument bald von sich. Dann glaubte er, die Einsamkeit habe ihn verstimmt; er ließ sich also aus seines Vaters Fabrik — wir haben noch nicht gesagt, daß der reiche Mulabj auch eine große Teppichfabrik besaß — eine junge hübsche Weberstlavin holen, damit sie ihn aufheitern solle. Aber auch dieser war er nur allzubald überdrüssig, und er schickte sie wieder weg. Dann legte er sich auf sein Ruhebett und fing an über allerlei nachzudenken. Plötzlich fiel ihm ein, daß er seiner letzten officiellen Geliebten, der schönen Netitis in Theben, für ein ihm übersandtes wunderhübsches Schoßkrokodilchen*) noch immer das Gegengeschenk schuldig sei. Wie hatte er so etwas nur vergessen können? Es war Ehrensache, daß er sofort einen Boten mit etwas recht Kostbarem nach Theben sende. Woher aber nun schnell etwas so Kostbares nehmen? Bei Kasse war er nicht; denn seitdem er wieder zu Hause war, hielt ihn der Vater etwas knapp.

Da fiel ihm plötzlich der Mantel der Königin Semiramis ein und der große Rubin, der in seiner Mitte strahlte. Er sprang auf, ging ein paar mal im Gemache hin und her und fing schließlich an laut zu lachen.

— Eine großartige Idee! — das giebt einen Hauptspaß! sagte er vor sich hin. Was soll der kostbare Stein am Halse des Apis? Ein Stückchen Glasfluß thut's da ja auch. Hier habe ich gerade noch so ein Ding, es ist ungefähr von derselben Größe wie der Stein; das wird

---

*) Auf das Vorhandensein solcher Tierchen lassen die vielen niedlichen kleinen Krokodilsmumien schließen, die man in großer Zahl in den ägyptischen Gräbern, sogar in den Särgen der Toten findet. Die meisten Forscher führen diesen Brauch, kleine Krokodille einzubalsamieren, auf religiöse Gründe zurück; wir aber sehen darin — getreu unserem Grundsatze, daß sich die Menschen in ihren Gewohnheiten und Neigungen immer gleich bleiben, und daß sich im Laufe der Jahrhunderte nur die Form ändere — einfach, daß die Ägypter ihre niedlichen Zwergkrokodilchen so sehr liebten, daß sie dieselben nicht nur, wie wir heute unsere Hunde zuweilen, ausstopfen ließen, sondern sie sogar als Mumien mit ins Grab nahmen. Diese Ansicht zeichnet sich vor allen anderen mehr ins Fantastische spielenden durch ihre Natürlichkeit und Einfachheit aus.

an die Stelle desselben in den Mantel hineingepaßt und damit gut. Zuerst merken es die Priester kaum, und der Stier erst recht nicht — es muß hier bemerkt werden, daß der gute Neter in Theben unter seinen Kameraden die unter der „Jeunesse dorée" der damaligen Zeit gang= baren atheistischen Lehren eingesogen hatte, und sich — wie man damals zu sagen pflegte — weder um Osiris noch um Typhon*) viel kümmerte. Der Stier merkt's gewiß nicht, dachte also der aufgeklärte Neter, und wenn es schließlich die geldgierigen Glatzköpfe**) doch merken, dann ist der Spaß nur um so größer.

Wohl warnte ihn eine bessere Stimme in seinem Innern: Thu' es nicht, Neter, dieser Spaß riecht stark nach Diebstahl; aber gar bald brachte er dieses sein besseres Gefühl durch die Erwägung zum Schweigen, daß seines Vaters Schätze ja eigentlich auch die seinigen seien, und daß schließlich ihm, dem Sohn des Muladj, Niemand was anhaben werde.

— Also frisch an's Werk — rief er — Alle sind schon zur Ruhe gegangen und Niemand wird etwas merken.

So begab er sich denn nach dem Vorsaal vor des

---

*) Das entspricht ungefähr unserm „um Gott und den Teufel". Ich setze natürlich bei meinen Lesern die Bildung voraus, daß sie den Osiris=Isis=Horus=Mythus kennen und will ihnen deshalb nicht die Schande anthun, ihn hier des Langen und Breiten zu erklären.

**) Unter „Glatzköpfen" sind die Priester zu verstehen, die sich nach ägyptischem Gesetz alle Haare am ganzen Körper täglich sorg= fältig rasieren mußten, was eine höchst umständliche Procedur war und ihnen — wenn der ganz glatt geschorene Kopf aus dem steifen weißen Leinengewande hervorsah, — ein lächerliches, den Schild= kröten ähnliches Aussehen verlieh.

Vaters Gemach, wo die Truhe mit dem Mantel stand. Den Schlüssel hatte er ja noch.

Der Mond fiel mit fahlem Lichte durch die in der Mitte offene Decke und beleuchtete den Raum eben genug, um die That möglich zu machen. Rasch war die Truhe aufgeschlossen, rasch der Mantel herausgenommen und mit ein paar behenden Griffen wurde der kostbare Stein aus seiner Fassung gelöst. Aber das Glasstückchen ließ sich nicht so leicht, wie er gedacht hatte, an die Stelle setzen, er wurde schon ganz ungeduldig — — — da legte sich plötzlich eine weiche Hand auf seine Schulter, und eine sanfte Stimme sprach:

— „Neter, was thust du?"

Neter sprang entsetzt auf, wandte sich um und erblickte Pa-Lua an der Seite des Dienstmanns Anubis, den sie hatte hinausgeleiten wollen.

In seinem ersten Schrecken wußte sich der ertappte Spaßmacher nicht anders zu helfen als dadurch, daß er schleunigst einen Knüppel ergriff und damit den Dienstmann Anubis totschlug. Zu Pa-Lua aber sprach er:

— „Liebe Cousine, dieser Mann wird mich nun nicht mehr verraten; daß du es aber nicht thun wirst weiß ich bestimmt; denn du liebst mich viel zu sehr."

Darauf drehte er sich um und verschwand durch eine Thür.

V.

Pa-Lua stand erstarrt. Lange konnte sie sich vor Schreck gar nicht von der Stelle bewegen.

Als sie endlich die Herrschaft über ihre Glieder wieder erlangt hatte, sah sie zuerst nach, ob der arme Anubis auch ihren Rubin nicht verloren habe. In der kleinen Ledertasche, die er am Gürtel seines Lendenschurzes trug, fand sie den Stein zu ihrer Freude noch unversehrt und nahm ihn an sich. Darauf ließ sie den Leichnam des Dienstmannes auf die Straße schaffen, damit es aussehe, als ob er in der Trunkenheit erschlagen worden sei. — So fanden ihn denn auch die Wächter der Stadt und schafften ihn in die Leichenhalle seiner Kaste.

Pa-Lua aber bebte immer noch an allen Gliedern. So viel Schreckliches hatte sie ihrem idealen Neter gar nicht zugetraut. Nun gab sie sich aber auch die furchtbarste Mühe ihn zu hassen; aber ach! — leider wollte ihr das nimmer gelingen.

Hatte er nicht selbst gesagt: „Du wirst mich nicht verraten; denn du liebst mich viel zu sehr"? Ach, er hatte nur zu sehr Recht, verraten konnte sie ihn nicht. Eher wäre sie selber zu Grunde gegangen. — Aber hassen

wollte sie ihn. Und wenn sie ihn auch jetzt noch nicht
so von ganzem Herzen hassen und verabscheuen konnte,
mit der Zeit — dachte sie — würde sie es schon zu
stande bringen. — —

Aber was wurde nun aus ihrem Rubin? Der
mußte doch versetzt werden. Da erinnerte sie sich, daß
sie ja noch einen getreuen Sklaven besitze, den ihre Muhme,
die praktische Frau Cheretris, wegen seiner gediegenen
Kenntnisse in der Teppichbranche in ihrer Fabrik arbeiten
ließ. Zu diesem wollte sie hingehen. Es war zwar schon
spät, aber sie war nun doch einmal unterwegs, da kam
es auf ein paar Schritte mehr oder weniger nicht an.
Was lag daran, wenn sie noch bis zum Sklavenhaus
hinüber ging? Sie schlich also im Schatten der Gebäude,
und die vom Monde beschienenen Stellen möglichst mei=
dend über den hintern Hof, der die Fabrikgebäude und
die Wohnungen der Sklaven von dem Palaste der Herr=
schaft trennte. Ungesehen gelangte sie hinüber und traf
auch zufällig ihren Sklaven — er hieß Nuk — noch
munter. Dieser erklärte sich auch, nachdem sie ihm ihr
Anliegen auseinandergesetzt, gerne bereit noch diesen Abend
den Juden Hananel aus dem Schlafe zu trommeln, sich
die zehntausend Goldstücke auszubezahlen zu lassen, und
diese dann dem von ihr bezeichneten Boten, der ihren
Vater auslösen sollte, zu übergeben.

Nachdem dies alles abgemacht war, ging sie beruhigt
wieder nach ihrem Zimmer. Aber sie sollte heute Nacht
noch nicht so bald zur Ruhe kommen; denn kaum hatte
sie sich auf den Teppich gelegt, auf welchem sie zu schlum=
mern pflegte und die merkwürdige, krückenförmig aus
Marmor gearbeitete Kopfstütze, deren man sich in Ägyp=

ten anstatt der Kissen bediente unter ihr Haupt geschoben da entstand unter ihrem Fenster ein merkwürdiger Lärm. Sie sprang auf, weckte ihre Sklavin und beide eilten ans Fenster, um zu sehen was es gäbe.

Als sie hinausblickten gewahrten sie im Mondschein einen gar absonderlichen Aufzug.

An der Spitze einer Schar Männer und Weiber, die, ihrer Kleidung nach, zu den Fabrikarbeitern des Muladj gehören mußten, tanzte ein wunderbar schönes junges Mädchen. Sie mochte kaum siebenzehn oder achtzehn Jahre zählen. Plastisch schmiegte sich das dünne Gewand an ihre zarten Körperformen an, und wenn sie sich im wirbelnden Tanze drehte und dabei das Köpfchen anmutig in den Nacken warf, dann flogen ihre blonden Locken und glitzerten im Mondenschein wie flüssiges Gold. Um beide Ohren aber hatte sie sich ein Tuch gebunden. Die Menge der hinter ihr her laufenden Leute lachte und schrie immerfort:

— „Maikäfer flieg! Maikäfer flieg!"

Dabei schlugen alle in die Hände und lärmten mit Trommeln, Schellen und metallnen Becken. Je mehr aber die Menge ihr „Maikäfer flieg!" schrie, um so wilder tanzte das Mädchen und bewegte die Arme, als ob es Flügel wären. Es war ein in seiner Bizarrerie rührender Anblick.

Pa-Lua fragte ihre Sklavin, ob sie wisse was das zu bedeuten habe, und diese antwortete:

— „Natürlich, o Herrin, weiß ich es; denn wie sollte eine Sklavin jemals etwas nicht wissen, was ihre Herrin zu erfahren gelüstet. Das arme Kind heißt Memna, sie ist eine Ausländerin und Kriegsgefangene, die früher an den Webstühlen des Mulabj arbeitete. Dort sah sie Neter —"

Ach Gott! immer und immer wieder Neter, dachte Pa=Lua mit einem Seufzer, während ihre Sklavin fortfuhr:

— „Dort sah sie also Neter, und dieser verliebte sich natürlich in sie. Lange dauerte indessen das Verhältnis nicht; denn gar bald war er des Mädchens überdrüssig. Aber die Sache blieb leider nicht ohne Folgen, und als die strenge Frau Cheretris die Geschichte erfuhr, da befahl sie, dem unglücklichen Geschöpf die Ohren abzuschneiden, damit sie ihre Verführungskünste nicht weiter treiben möge. Seit jener Zeit — es geschah bevor Neter nach Theben ging — ist sie allmälig irrsinnig geworden und nun bildet sie sich ein, sie sei in einen heiligen Skarabäus, in einen Käfer verwandelt."

„Die Ärmste!" sagte Pa=Lua. Bei sich selbst aber dachte sie: Überall steckt doch dieser Neter dahinter. O, wenn ich ihn nur hassen könnte!

Plötzlich verstummte unten der Lärm; denn Neter war in den Hof hinausgetreten. Er schalt die Leute mit harten Worten, weil sie die Nachtruhe störten und gebot ihnen nach Hause zu gehen. Die Leute schickten sich an, dem Sohne ihres Gebieters zu gehorchen, aber die unglückliche Memna hatte Neter kaum erblickt, als sie auf ihn zustürzte, ihn umarmte und küßte, und ihn einmal über das andere ihren Geliebten, ihr Schätz= chen, ihr Täubchen nannte.

Neter war nun nicht in der Stimmung, an den Liebkosungen der Wahnsinnigen Gefallen zu finden, darum suchte er sich von ihr loszumachen. Sie aber klammerte sich nur um so fester an ihn. Aber schließlich gelang es ihm, dem Stärkeren, doch sich von dem Mädchen zu befreien; dabei mochte er wohl etwas zu heftig geworden sein; denn als er sie von sich stoßen wollte, taumelte sie und fiel so unglücklich, daß sie mit dem Kopfe an die scharfe Kante eines Granitpfeilers schlug und bewußtlos liegen blieb.

Pa-Lua stieß einen Schrei des Entsetzens aus und eilte sofort in den Hof hinab um der Unglücklichen beizustehen. Mit Hilfe der Leute ließ sie die Ohnmächtige auf ihr Zimmer schaffen und bemühte sich, ihr die Wunde am Kopfe auszuwaschen und zu verbinden. Sie nahm sich vor, die Arme zu pflegen, bis sie wieder gesund sei.

Neter sah ihr bei ihren gutherzigen Bemühungen lächelnd zu. Sie aber sprach zu ihm:

— „Du Ungeheuer, hebe dich weg von mir; denn ich hasse dich, ich will dich hassen."

Neter hörte ihr gelassen zu; dann erwiderte er:

— „Das glaubst du ja selber nicht, liebe Cousine; denn du liebst mich ja viel zu sehr!"

Darauf verließ er sie.

Pa-Lua aber weinte am Lager der armen Memna und schluchzte; denn Neter hatte Recht, sie konnte ihn immer noch nicht hassen. Obgleich sie so zu ihm gesprochen hatte, ging es nicht; innerlich mußte sie ihn doch immer und immer wieder lieben als ihr hohes und einziges Ideal.

VI.

Das niedliche Grasmückchen war mit einer höchst un=
gnädigen Laune erwacht. Die Dienerin, die ihr beim
Ankleiden helfen mußte, konnte das schon fühlen. Als
dann die Frühstücksstunde kam, da waren die Kuchen von
Gerstenmehl nicht gehörig gebacken, das ägyptische Topf=
fleisch war versalzen — kurz, es war alles nicht wie es
sein sollte.

Die gute Witwe Ptajusu wußte gar nicht, was sie
zu dem absonderlichen Benehmen ihres sonst so wohlge=
zogenen Kindes sagen sollte; sie that alles Mögliche, um
ihren Liebling aufzuheitern, aber es half nichts.

Endlich, nachdem alle Aufheiterungsversuche nicht
verfangen wollten, erfuhr denn die gute Frau, was der
Grund dieser Übellaunigkeit war und wer dazu Veran=
lassung gegeben hatte. Es war natürlich Niemand anders
als der Held dieser ebenso wahrhaftigen als stylvollen
Geschichte, Neter, der ideale, der vortreffliche; denn das
Grasmückchen ließ sich nach langem Flehen und Bitten,
sie möchte doch der Mutter ihr Leid klagen, schließlich
also vernehmen:

— „Du hast mir doch versprochen, Mama, daß der

Neter mich heiraten soll und Frau Cheretris hat's auch
gesagt; auch der Neter hat mich noch vor ein paar Tagen
sein liebes, kleines — — er sagt immer „kleines", und das
ärgert mich so. Ich bin doch gar nicht so klein, und
wenn ich's bin, so will ich wenigstens nicht immer daran
erinnert werden. Also — was ich sagen wollte — der
Neter hat mich noch vorgestern sein liebes, kleines — es
ist abscheulich — Bräutchen genannt, und nun macht er
ganz öffentlich der Pa=Lua den Hof. Er singt sie an
und schwärmt sie an. Und denke nur, der Chefer, der
Knabe unserer Küchensklavin, der in der Kanzlei des
Muladj als Laufjunge angestellt und der so komisch in
mich verliebt ist, daß er alles für mich thut, was ich ihm
sage — also der Chefer hat mir hinterbracht, der ab=
scheuliche Neter habe schon einen großen, zwölf Ellen
langen Papyrus voll Gedichte an die Pa=Lua geschrieben.
Ist das nicht abscheulich? Aber, Mama, das sage ich dir,
diese Behandlung laß ich mir nicht gefallen Sie sollen
das kleine Grasmückchen schon kennen lernen. Diesen
Morgen noch mußt du mit mir zu Frau Cheretris fahren,
dort wollen wir dann schon selber sehn wie die Sachen
stehen. Frau Cheretris hat uns den Neter versprochen,
sie muß ihn uns geben, komme was da wolle."

„Aber so sei doch nur vernünftig," Kind, unterbrach
die Witwe Ptasusu den Redestrom ihres Töchterchens,
„es wird sich ja alles geben. Die Sache ist gewiß nicht
so schlimm; der Neter hat ja schon viele Gedichte gemacht."

— „Aber an mich noch keine!" rief das Grasmückchen
in komischer Verzweiflung und stampfte auf die Erde.

Erst war die Mama nun sehr ungehalten über
Sebeth's Betragen; nach und nach geriet sie aber selber

in Eifer und fing an die Sache auf ihre Ehre zu nehmen. So setzte es denn das Grasmückchen durch, daß die Mutter einspannen ließ und mit ihr zu Frau Cheretris fuhr. — — —

Als die beiden Frauen im Palast des Muladj anlangten, fanden sie das ganze Haus in großer Aufregung. Gleich am Morgen hatte der Muladj, als er sich am Anblick des neu erstandenen Mantels der Königin Semiramis weiden wollte, das Fehlen des großen Rubins bemerkt. Das gab natürlich einen furchtbaren Lärm. Kein Mensch konnte begreifen wie der Dieb das Juwel aus der festverschlossenen Truhe habe rauben können, ohne auch nur das Schloß zu beschädigen; denn dieses hatte man unverletzt und fest zugeschlossen vorgefunden.

Wie ein Lauffeuer hatte sich die Nachricht von dem wunderbaren Diebstahl durch Memphis verbreitet, und nun ließ sich eben, als Ptasusu mit ihrer Tochter vorfuhr, der Juwelier Hananel beim Muladj melden, der behauptete, er könne Auskunft über den Verbleib des Steines ertheilen.

Der Muladj hatte sich auf seinem Polster aus seinem Privatarbeitsgemach, wo er gewöhnlich zu träumen pflegte, in die große Halle seines Palastes tragen lassen. Dort waren alle seine Haus- und Familienangehörigen versammelt. Dorthin wurden denn auch die Witwe Ptasusu und ihre Tochter, das Grasmückchen, geführt, nachdem man ihnen erzählt hatte, was vorgefallen war.

Mit vieler Mühe und unter einem beträchtlichen Aufwand von Energie rüttelte sich der Muladj Chufu, nachdem alle in schöner Ordnung Platz genommen hatten, aus seinem Opiumschlummer auf und sprach:

— „Ein rätselhaftes Verbrechen ist in meinem Hause begangen worden, ein Diebstahl, der mich durch die Art seiner Ausführung fast könnte geneigt machen an die sogenannte vierte Dimension zu glauben, wie sie die Priester Sla-De und Zöll=Ner in ihrer Irrlehre ver= kündigen. Aber — und hier wollten ihm die Augen schon wieder zufallen — ihr seht, daß ich alter, kranker Mann diesen schwierigen Fall nicht mehr untersuchen kann, darum höre mich, Neter, mein Sohn. Führe du diese Untersuchung; sie wird zugleich eine Prüfung für dich sein, ob du befähigt bist, mir in dem Amte nachzu= folgen, das mir die Gnade des Pharao verliehen hat. Darum richte gerecht, wie ich es mein ganzes Leben lang gethan habe. Hier, nimm meinen Siegelring, als Zeichen daß ich mein Richteramt für diesen Fall auf dich über= trage."

Neter küßte seinen Vater und nahm den Ring. Dieser aber flüsterte noch — schon halb und halb im Schlafe:

— „Richte gerecht, mein Sohn — bei meinem Fluche! — richte gerecht."

Bei dem letzten Worte war er schon wieder fest ein= geschlafen. Neter aber setzte sich auf den erhöhten Sessel des Richters.

Lange blieb er stumm; denn nun schlug ihm doch das Gewissen; er hätte nicht gedacht, daß die Geschichte diesen ernsthaften Lauf nehmen würde. Und nun — o Hohn des Schicksals — nun war er sein eigener Richter. Er befand sich in einem gewaltigen Dilemma und alle Anwesenden sahen, daß ein gewaltiger Kampf in seiner Seele tobte. Natürlich vermutete, außer Pa=Lua, Nie=

mand die wahre Ursache seiner Bewegtheit und Alle schrieben sie der Aufregung zu, die sich des Jünglings bei der erstmaligen Ausübung eines so schweren Amtes begreiflicherweise bemächtigen mußte.

Endlich aber schien Neter zu sich zu kommen; denn er gebot — zwar immer noch mit etwas unsicherer und schwacher Stimme — den Juden Hananel vorzuführen.

Während der Juwelier hereingerufen wurde, machte sich Neter tausend Sorgen, wie und woher der Jude wohl etwas von dem Steine vernommen haben könne. Sollte der Bote, den er in der Morgenfrühe mit dem Kleinod nach Theben zur schönen Netitis gesandt hatte, aufgegriffen worden sein?

Allein die bangen Zweifel wurden bald beseitigt, als Hananel erschien und erzählte, Pa=Lua's Sklave Nut habe ihm heute Morgen einen Rubin im Werte des gestohlenen gebracht und er habe dem Manne, der im Auftrage seiner Herrin zu handeln vorgab, zehntausend Goldstücke darauf geliehen.

Nun war Neter die Sache klar, es handelte sich hier um einen ganz anderen Stein und von seinem Boten wußte Niemand etwas.

Er fragte also Pa=Lua, wie ihr Sklave zu dem Steine gekommen sei, in welchem er den im Mantel der Semiramis fehlenden wieder erkenne.

Pa=Lua antwortete einfach aber mit Festigkeit:

— „Du irrst, Neter, wenn du glaubst, daß dieser Stein aus dem Mantel stamme. Betrachte ihn recht und du wirst auf seiner unteren Fläche den Namen des großen Ramses eingegraben finden. Er schmückte einst

ein Stirnband, welches jener große Pharao meiner Ur=
ältermutter geschenkt hat. Gestern habe ich ihn aus seiner
Fassung gebrochen und durch meinen Sklaven Nut bei
Hananel versetzen lassen um zehntausend Goldstücke."

Der gewandte Neter ließ sich aber durch diese Ant=
wort keineswegs verblüffen.

— „Was du sagst klingt unwahrscheinlich, Pa=Lua,
sprach er; denn warum solltest du ein so kostbares Klei=
nod versetzen, während du dich doch keineswegs in Geld=
not befindest und mein Vater jeden Augenblick bereit ist
dir jede gewünschte Summe aus deinem eigenen Ver=
mögen oder aus seinen Mitteln vorzustrecken."

Nachdem er also gesprochen hatte, befahl er, daß
alle Anwesenden in der Halle verharren sollten, bis er
wieder zurückkehre; er werde nun eine Privatuntersuchung
anstellen. Die Anwesenden verneigten sich, als Zeichen
ihrer Zustimmung.

Während demgemäß Alle in der Halle blieben, ging
Neter hinaus und begab sich nach dem Werkmeisterraum.
Dort holte er sich einen Schraubenzieher und ging damit
nach dem Zimmer Pa=Lua's. Dort angelangt, entdeckte
er gar bald was er suchte, nämlich die Cassette, in welcher
seine Cousine ihren Schmuck zu verwahren pflegte. Viel=
gewandt in allen Künsten wie er war, schraubte er
hinten am Deckel derselben das Charnier los und konnte
so, ohne das Schloß zu sprengen, zu ihrem Inhalte ge=
langen. Nach kurzem Suchen fand er auch das Stirnband,
darin der Stein fehlte und nahm es an sich. Darauf
schraubte er den Deckel wieder fest und begab sich nach
der Gerichtshalle zurück.

Nachdem er hier wieder auf seinem Sessel Platz

genommen, wandte er sich nochmals an Pa=Lua und fragte sie:

— „Ist das fragliche Stirnband noch in deinem Besitz und kannst du es vorweisen?"

Pa=Lua antwortete:

— „Es befindet sich in meinem Zimmer in einem kleinen Schmuckkästchen, dessen Schlüssel ich hier bei mir führe."

— „Sagst du auch die volle Wahrheit."

— „Laß das Kästchen herbeiholen, ich will es hier vor deinen Augen aufschließen und dir den Stirnreif zeigen."

Da gebot Neter, man solle das Schmuckkästchen herbringen, und ein Sklave brachte es. Pa=Lua schloß es auf; aber mit einem Schrei des Entsetzens fuhr sie zurück, als sie bemerkte, daß gerade das beweiskräftige Schmuckstück fehlte. Nun wußte sie was Neters Hinausgehen zu bedeuten gehabt hatte und entrüstet rief sie:

— „Ein Bubenstreich ohne Gleichen ist hier verübt worden. Neter, für so schlecht hätte ich dich niemals gehalten. Jetzt fange ich bald an, dich zu hassen und sie flüsterte ihm zu: Ich bin aber dessenungeachtet viel zu edel, als daß ich nun ausplaudern könnte, daß du selber der Dieb des Steines bist und daß ich dich heute Nacht bei der That ertappt habe. Nein, ich werde schweigen."

Da antwortete Neter, ebenso leise:

— „Ich wußte es ja wohl, daß du mich nicht verraten würdest; denn dazu hast du mich viel zu lieb."

Darauf fuhr er laut fort:

— „Pa=Lua, hast du keine Zeugen, die da gesehen

haben und nun eidlich bezeugen können, daß sich ein solcher Schmuck in deinem Besitz befand."

— „Gewiß habe ich deren und genug. Hier, die kleine Näïdja hat ihn oft gesehen, und heute noch hat sie damit gespielt und sich gewundert, daß der Stein daraus verschwunden war."

— „Ja, so ist es!" rief die Kleine eifrig, die schon lange begierig war etwas zu Gunsten der ihr so lieben Pa=Lua zu sagen.

Aber Neter hieß sie schweigen und sagte, das Zeugniß eines unmündigen Kindes habe vor Gericht keine Giltigkeit.

Da rief Pa=Lua:

— „Auch Sebeth, der Witwe Ptasusu Tochter, die hier anwesend ist, hat das Stirnband erst vor drei Tagen bei meinen Schmucksachen gesehen und ich habe ihr noch den Namen des großen Ramses auf dem Steine gezeigt und ihr die einzelnen Zeichen der Cartouche erklärt; denn in der Kunst des Lesens ist sie immer noch etwas träge."

— „So, so!" sagte Neter. „Dann gebiete ich nochmals, daß Alle hier in der Halle bleiben sollen, dieweil ich mit der Tochter der Witwe Ptasusu eine Privatuntersuchung anstelle. Ich bitte die liebliche Sebeth mir zu folgen."

Zitternd und zagend ging das niedliche Grasmückchen mit dem großen Neter hinaus. Dieser aber sagte zu ihr ohne lange Einleitung:

— „Ich weiß schon warum ihr, du und deine Mutter, heut hierhergekommen seid, es geschah, um mich wegen der Gedichte, die ich an Pa=Lua gemacht habe, zur Rede zu stellen. Das ist aber ganz überflüssig. Du bist ja mein liebes Bräutchen und sollst es bleiben; aber dafür mußt du jetzt vor Gericht sagen, daß du den Schmuck, von welchem Pa=Lua sprach, nie und mit keinem Auge gesehen hast."

— „Aber lieber Neter, bester Bräutigam, ich habe ihn ja oft, sehr oft gesehen."

— „Da irrst du dich, mein einziges Schätzchen; es kam dir gewiß nur so vor. Aber du mußt es bestimmt wissen, sonst muß ich Pa=Lua heiraten."

— „Neter, ich weiß es gewiß, daß ich ihn gesehen habe."

— „Dann heirate ich Pa=Lua."

— „Ach, lieber Neter, es kann ja sein, daß es ein anderer Schmuck war."

— „Siehst du, das dachte ich eben auch. Nun will ich dich aber auch recht süß küssen."

Und sie küßten und kosten ungefähr eine halbe Stunde lang. Nach dieser Zeit glaubte das gute Grasmückchen denn selber steif und fest, daß es Pa=Lua's Stirnreif nie in seinem Leben gesehen habe und beschwor dies vor Gericht.

Nun wußte auch Pa=Lua nichts mehr zu ihrer Verteidigung hervorzubringen; denn sie hätte sonst Neter selbst anklagen müssen und das wollte sie um keinen Preis.

Neter aber sprach das Urteil folgendermaßen:

— „Die ganze Sache ist nun klar. Es ist gut, daß wir des Steines wieder habhaft geworden sind, darum sollen Hananel die darauf geliehenen zehntausend Goldstücke zurückbezahlt werden. Da die am stärksten compromittierte Partei in diesem Falle Pa=Lua, eine vor=

nehme Dame, eine Verwandte meines Hauses ist, die jedenfalls damit, daß sie den Stein wegnahm nur ge= scherzt hat, so wird sie nach Recht und Brauch und nach den Gesetzen des Pharao Menes natürlich frei ausgehen. Wenn es aber Jemand von euch Leuten aus dem niedern Volk einfallen würde etwas ähnliches zu thun, so soll der Thäter sogleich aufgehangen werden an den höchsten Galgen, den wir haben in ganz Ägyptenland. — Damit erkläre ich die Gerichtssitzung geschlossen."

Nach dieser Rede entfernten sich alle und priesen des Neter Milde und Gerechtigkeit.

Pa-Lua aber ging trauernd auf ihr Zimmer und versuchte es, ob sie nun wohl Neter hassen könne, aber es gelang ihr immer noch nicht, und sie liebte ihn nach wie vor.

Darum ist die Liebe das größte Mysterium und ein Frauenherz das größte Rätsel, heute wie vor drei tausend Jahren.

VII.

Alle die zahlreichen Ereignisse der letzten Tage, der in seinem Hause vorgefallene Diebstahl, die Gerichtsverhandlung, die sich vor seinem Schlummerlager abgespielt hatte, hatten den guten Mulabj Chufu, der sich fortwährend, entweder im Opiumschlaf oder in einer unsagbaren nervösen Gereiztheit befand, so sehr aufgeregt, daß er noch mehr von den weißen Kügelchen verschluckte als gewöhnlich. Davon zeigten sich nun die üblen Folgen. Der Mulabj lag im Sterben und die Ärzte gaben ihm nur noch wenige Stunden zu leben.

Der Oberpriester Merab war schon erschienen, um den Kranken auf den Tod vorzubereiten und er hatte ihm — natürlich nachdem er den kostbaren Mantel der Königin Semiramis in Empfang genommen — Gnade vor Osiris, dem Totenrichter zugesagt. Im Hofe aber warteten schon die Gehülfen des Einbalsamierers, während im Gemache selbst ein Maler bestrebt war, die Gesichtszüge des Sterbenden zu skizzieren, damit er sie später in größtmöglichster Ähnlichkeit auf dem Deckel des inneren, hölzernen Mumiensarges anbringen könne. Die Familie aber war trauernd um den Vater und Herrn versammelt.

Nun erhob der Mulabj das Haupt und sprach zu seiner Gattin Cheretris:

— „Liebe Frau, ich danke dir für deine sorgsame Pflege. Da nimm nun mein Büchschen mit den Opium= kügelchen in Verwahrung, ich werde keine mehr essen, du aber bewahre sie, mir zum Andenken."

Frau Cheretris nahm schluchzend das Büchslein; aber der Mulabj winkte nach einiger Zeit seiner Gattin noch einmal und sprach, als sie das Ohr zu ihm neigte:

— „Liebe Cheretris — es fällt mir eben ein — laß doch den Neter nicht das Grasmückchen heiraten, du wirst sehen, sie verdirbt uns die Race! Bringe ihn doch lieber mit Pa=Lua zusammen, das giebt ein schöneres Paar und kräftigere Kinder."

Cheretris machte bei diesem Wunsche kein sehr er= freutes Gesicht, doch wollte sie dem Sterbenden nicht zu= wider reden; Neter aber umarmte den Vater und sprach:

— „An mir soll es nicht liegen, wenn dein Wunsch nicht erfüllt wird; denn ich finde auch, daß die kleine Sebeth gar nicht zu mir paßt und ich habe nur der Mutter und auch dir zu lieb — denn ich dachte diese Heirat sei auch dein Wunsch — darein gewilligt um das Grasmückchen zu werben, aber ich fühle es wohl, ich liebe sie eigentlich gar nicht, und ich habe sie von allen Mädchen und Frauen immer am wenigsten geliebt; denn sie ist doch gar zu klein. Darum nehme ich auch viel lieber die Pa=Lua."

Als der alte Mulabj diese Worte hörete, war er hoch erfreut und segnete seinen Sohn.

Während diese Reden gewechselt wurden, machte Pa=Lua in ihrem Innern wieder einen furchtbaren Kampf durch; denn die beiden Gefühle Liebe und Haß stritten sich immer noch um ihre Seele. Sie ließ aber die Anwesenden nichts davon merken und fügte sich scheinbar dem Willen des Chufu.

Alles wäre somit recht gut und in schönster Ordnung abgelaufen; aber die kleine, zehnjährige Naïdja konnte es gar nicht verwinden, daß der Großvater so sterben solle, ohne daß ihm vorher die Unschuld ihrer geliebten Pa=Lua in Betreff des Rubindiebstahls verkündet werde; darum drängte sie sich vor und rief:

— „Lieber Großpapa, Pa=Lua wird den Neter leider wohl gar nicht wollen; denn er hat gar garstig an ihr gehandelt. Er selber hat den Rubin gestohlen und hat als ein ungerechter Richter die Schuld der Pa=Lua in die Schuhe geschoben. Diese ist aber so edel, daß sie Alles schweigend erträgt. Ich weiß das ganz genau; denn ich habe hinter einem Pfeiler gestanden und gehorcht, und ich bin überhaupt schon so gescheit, daß ich mir Alles richtig zusammenreimen kann."

Als die Kleine geendet hatte, wurde der Mulabj gewaltig zornig.

— „Ist das wahr, was das Kind sagt?" frug er; und da konnte denn auch Neter, dessen Herz bereits anfing über seine zahlreichen Missethaten Reue zu empfinden, nichts anderes sagen als: „Ja."

— „Nun denn, so empfange meinen Fluch!" rief der Alte mit Aufbietung seiner letzten Kräfte und fiel tot in die Kissen seines Lagers zurück.

Neter stand wie vernichtet. Seine Gefühle lassen sich gar nicht beschreiben. Wie ein Träumender wankte er hinaus, ging auf sein Zimmer, warf sich zur Erde und riß sich die Haare aus.

Inzwischen erhoben im Hause die Klageweiber ihr Geheul! Becken wurden geschlagen, die Sistren wurden gerührt. Im Sterbegemach aber sangen die Priester den Klagegesang, der da beginnt:

Semét-f pu tehuti*)

das heißt: Sein Führer ist der Gott Thoth.**)

---

*) Satz aus dem Papyrus Ebers.
**) Thoth entspricht dem Hermes der Griechen. Hier als Hermes psychopompos d. i. (damit die höheren Töchter nicht erst nach dem Konversationslexikon laufen müssen) Hermes, der die Seelen der Abgeschiedenen in die Unterwelt führt.

VIII.

Nach dem Tode seines Vaters hielt sich Neter dreimal sieben Tage in seinem Gemache eingeschlossen und verschmähete Speise und Trank.*) Er konnte das Furchtbare nicht fassen, das ihm begegnet war.

Am dreizehnten Tage seiner Trauer hatte er an Pa=Lua geschrieben; denn er glaubte entdeckt zu haben, daß er sie liebe, und diesmal mit der wahren, richtigen und wirklichen Liebe. Ein ganz neues Gefühl war über ihn gekommen, ein Gefühl, das er noch nie empfunden hatte, wenn er seiner zahlreichen Bräute und Geliebten gedachte; und dieses neue Gefühl mußte die einzige, große Liebe sein, von der er schon so viel gehört, an die er so eigentlich nie recht geglaubt hatte und die jetzt doch plötz=
lich und unvermutet in sein flatterhaftes Herz einge=
zogen war.

Er schrieb darum an Pa=Lua, wie es um ihn stehe, daß er sie liebe. Er bat sie um Verzeihung für alles Böse, das er ihr zugefügt, und er flehte sie an, den letzten Wunsch seines Vaters zu erfüllen und die Seine zu werden.

---

*) Heute, in den Tagen eines Succi und Merlatti wird wohl Niemanden dieses blos dreiwöchentliche Fasten übertrieben oder gar unmöglich erscheinen.

Pa-Lua wäre, als sie diesen Brief erhielt, beinahe vor Entzücken und Wonne gestorben. Am liebsten wäre sie dem Jüngling sogleich in die Arme geflogen; aber — aber — sie wollte Charakterfestigkeit zeigen, sie wollte diesen Neter hassen, wenigstens so gut sie konnte. Sie schrieb ihm daher als alleinige Antwort auf seinen rührenden Brief die Worte:

„Ich hasse und verachte dich!"

aber das Herz blutete ihr, als sie die Schriftzüge auf den Papyrus malte.

Nach dieser Antwort fühlte sich der arme Neter natürlich noch viel, viel unglücklicher. Nun fiel es ihm endlich wie Schuppen von den Augen und er sah ein, wohin ihn der eine leichtsinnige Spaß mit dem Rubin*) geführt hatte, und er fing an — zum ersten Mal in seinem Leben — über sich selber nachzudenken. Da erkannte er nun, daß auch im wunderbaren Lande Ägypten und unter der Herrschaft der Pharaonen, das Leben eines Roué, eines Dandy zweck- und nutzlos sei. Und er beschloß, daß es mit ihm anders werden müsse. Als er nun so Einkehr in sich selbst hielt, da entdeckte er, daß er eigentlich, wenn er nicht so viele böse Geschichten angestellt, wenn er sich nicht — besonders in der letzten Zeit — so niederträchtig benommen hätte, doch der idealste und vortrefflichste Mensch von der Welt sein könnte, daß er eigentlich — abgesehen von jenen dunklen Punkten — schon jetzt ein Ideal, wenigstens ein ganz außerordent-

---

*) Die Ägypter müssen sich recht merkwürdige und saubere Dinge unter einem „Spaß" vorgestellt haben! Ich danke!
Anmerk. des Setzers.

licher Kerl sei. An dieser Vortrefflichkeit — das nahm er sich vor — wollte er nun aber festhalten. — Vor allen Dingen mußte sein Leben einen Zweck gewinnen. Den hatte es aber eigentlich schon gewonnen in seiner wahren, wirklichen und wahrhaftigen Liebe zu Pa=Lua. Aber die Jungfrau wollte ja nichts mehr von ihm wissen, sie hatte ihm ihre Verachtung ja sogar schriftlich aus= gedrückt. Dieser Verachtung galt es nun seine Tüchtig= keit, seine Thatkraft entgegen zu setzen; er mußte seine Geliebte von seinem hohen Werte zu überzeugen suchen, mit einem Wort, er mußte Außerordentliches leisten. Das wollte er und das nahm er sich vor. Kurz, er beschloß in jeder Beziehung ein großer Mann zu werden.

Er ging sogleich ans Werk.

Zuerst wollte er mit allen seinen Liebeleien, mit allen seinen zahlreichen Verhältnissen, die seiner wahren, richtigen und einzigen Liebe zu Pa=Lua zuwiderliefen, ein für allemal ein Ende machen. Er setzte sich also hin und entwarf folgenden Modellbrief:

Hochwohlwerte, liebliche und holdselige
Jungfrau . . . . .

Gar manche wundersüße Stunde habe ich mit dir durchlebt und gar manchen Augenblick berauschender Liebeswonne danke ich dir. Wohl gab es eine Zeit, wo ich glaubte, dieser schöne Traum könne sich durch das ganze Leben hindurch fortsetzen, aber leider ist das nicht möglich. — Liebe, gute Freundin, sei mir nicht böse, wenn ich dir gestehe, daß in mein Herz die wahre, richtige und einzige Liebe eingezogen ist und ich mich daher gezwungen sehe, unser bis dahin so beglückendes

Verhältnis zu lösen. Dennoch verbleibe ich — wenn auch nicht mehr in Liebe — so doch in Freundschaft dein
Neter,
des Mulabj Chufu Sohn.

Diesen Brief ließ Neter von seinem Schreiber so oft copieren, daß er an das Grasmückchen, an Netitis, an die blonde Memna, an die Erzieherin Uarda, an Chrufis, die Tochter des Tabu, und an viele andere Mädchen und Frauen des Landes, die wir nicht alle namhaft machen wollen, ein Exemplar, das er natürlich zuvor mit seinem Siegel und seiner Unterschrift versah, abschicken konnte. Nach Erledigung dieses Geschäftes atmete er erleichtert auf; es war ihm zu Mute, als ob ihm hundert Steine auf einmal vom Herzen fielen.

Man kann sich denken, was diese Briefe bei ihren Empfängerinnen für einen Effekt machten. Am ungehaltensten von allen diesen schönen Damen war aber das Grasmückchen. Sie schwor dem ungetreuen Neter furchtbare Rache und allen ihren Rivalinnen Tod und Verderben. Nur wußte sie nicht recht, welche von allen den Damen, mit welchen Neter in intimerem Verhältnis gestanden hatte, die begünstigte sei. Wahrscheinlich war es diese lang aufgeschossene Pa=Lua. Übrigens wollte sie sich schon Gewißheit verschaffen, und wenn sie es nicht herausbrachte, sollten Alle zu Grunde gehen, was lag ihr daran? Ja die Welt sollte das kleine, das unscheinbare Grasmückchen kennen lernen.

Sie berief ihren Jugendgespielen, den nun sechszehnjährigen Sohn der Küchensklavin ihrer Mutter zu sich, der — wie wir wissen — ebenso sterblich wie hoffnungslos in sie verliebt war, und sprach zu ihm:

— „Chefer, wenn du in der Kanzlei des seligen Muladj zu thun haft, so beobachte genau alles was Neter treibt und hinterbringe mir's. Horche wo du kannst und spüre aus was dir nur immer möglich ist. Für jede Botschaft, die du mir bringst, will ich dir einen süßen Kuß auf den Mund geben."

Mehr brauchte es bei dem Knaben nicht. Chefer schwor bei den Göttern der Ober- und Unterwelt, daß er Alles thun wolle, was sie von ihm verlange, dann rannte er, beinahe taumelnd vor Glückseligkeit, davon, um womöglich noch heute alle Geheimnisse Neters auszukundschaften.

Das Grasmückchen aber lachte sich in's Fäustchen und sprach:

— „Wie man doch den Männern, jungen und alten, auf die leichteste Weise von der Welt den Kopf verdrehen kann. Hier habe ich mir einen vorzüglichen Helfer geworben — und der Preis ist ja so billig." — — —

* * *

Von allen diesen Machinationen hatte Neter keine Ahnung. Er kümmerte sich auch gar nicht um das, was andere Leute von ihm denken möchten und suchte nur unablässig was er wohl Gutes und Großes wirken könnte. Aber es wollte ihm nichts einfallen. Am liebsten würde er natürlich etwas geleistet haben, woran Pa-Lua Freude haben mußte.

Nun hörte er einmal wie seine Angebetete, — die übrigens seit des Muladj Tod kein Wort mehr mit ihm gesprochen hatte — nun hörte er also zufällig, wie Pa-

Lua die armen jungen Priesterinnen der Isis bedauerte
die, eingesperrt in ihre Zellen, ihre Jugend vertrauern
mußten. Da wurde er aufmerksam und hörte weiter,
daß eine Freundin Pa=Lua's auch in jenen Zellen
schmachte. Da war sein Entschluß gefaßt und er zögerte
auch keinen Augenblick mit der Ausführung desselben.

Die Sache war höchst einfach. Er dingte ein paar
handfeste Burschen und entführte mit ihrer Hilfe die
heiligen Jungfrauen nach Saïs, wo er sie in Freiheit
setzte. Bei dieser Gelegenheit war es unglücklicher Weise
zu einer Rauferei gekommen, die drei Memphiten das
Leben gekostet hatte. Sonst war Alles glatt gegangen.

Ganz Memphis staunte ob der ungeheuren That;
aber Niemand konnte genau sagen wer der Anstifter ge=
wesen sei. Nur einer wußte dies ganz genau, nämlich
Chefer; denn er belauschte Neter auf Schritt und Tritt
und säumte nicht, Alles dem Grasmückchen zu hinterbrin=
gen und dafür seinen Kuß einzuernten, der ihn wieder
zu neuem Spionieren anspornte. Pa=Lua aber erfuhr
ebenfalls, wer der Befreier ihrer Freundin sei und daß
er es um ihretwillen gethan habe. Und zum ersten Male
lächelte sie Neter wieder zu.

Dieser aber sann unablässig auf neue Thaten. Er
gedachte des ungerechten Urteils, das er gefällt hatte;
das wollte er wieder wett zu machen suchen. Da kam
ein ungeheures Gerechtigkeitsgefühl über ihn. Er behaup=
tete, alle Menschen seien gleich, darum solle es nicht
Herren und Sklaven geben, sondern lauter freie Leute.
Demgemäß ließ er alle seine Sklaven frei und schrieb
seine Gleichheitslehre in einen Papyrus. Auch das wurde
von Chefer an das Grasmückchen berichtet.

Hernach fing Neter an das Land Ägypten auf eine Tafel zu zeichnen; den Lauf des Nils, die Berge, die Städte und Flecken, Alles ganz genau. Diese Tafel wollte er dem Pharao überreichen, auf daß das Land richtig geschätzet würde, damit Zehnten und Gefälle nach Recht und Gerechtigkeit eingehen sollten. — Auch das wurde dem lauernden Grasmückchen hinterbracht.

So war Neter aus einem Roué nnd Don Juan ein fleißiger Mann geworden, und Pa=Lua wollte ihm ihre Liebe nicht länger vorenthalten. Dennoch erlaubte sie ihm noch nicht die mindeste Vertraulichkeit; nicht einmal die Hand durfte er ihr küssen. Wenn sich aber Neter über diese Sprödigkeit beklagte, dann vertröstete sie ihn auf später. Erst sollte sein großes Werk, die Abbildung von ganz Ägypten fertig sein; dann wolle sie die Seine werden und ihm ganz angehören. Da war Neter zufrieden und glücklich und arbeitete mit verdoppeltem Fleiße.

IX.

Der Oberpriester Merab saß in seinem Studierzimmer. Dieses war ein nicht allzugroßes viereckiges Gemach, dessen einziges breites Fenster nach dem Innenhofe des Hauses ging. Die Wände waren rings mit Repositorien umstellt, in welchen hunderte von bestaubten Papyrusrollen lagen. Diese seine in ganz Memphis bekannte und berühmte Bibliothek bildete den größten Schatz des Alten, und Tag und Nacht, so oft ihn seine Geschäfte nicht in die Öffentlichkeit riefen, konnte man ihn hier, zwischen seinen Lieblingen vergraben finden.

Auch jetzt — es war schon dunkle Nacht — saß er wieder auf seinem mit Antilopenfellen belegten Ruhesitz vor dem in die Nähe des Fensters gerückten Tisch über einen langen Papyrus gebeugt. Eine Doppellampe brannte auf dem Tisch und warf einen seltsamen, ungewissen Schein auf den kahlgeschorenen Kopf des kleinen Männchens. Dieser Kopf war merkwürdig anzusehen. Das Gesicht mit der Habichtsnase und den kleinen klugen Eidechsenäuglein hatte so viele Falten und Runzeln, daß man gar nicht begriff wie der gute Mann, bei den unvollkommenen Rasiermessern der damaligen Zeit, damit fertig wurde seine Bartkeime, wie es das Gesetz wollte, täglich säuberlich zu entfernen. Der eigentliche Schädel aber erglänzte wie altes Elfenbein. Ferner lagen und standen in dem Gemach noch allerhand abenteuerliche Tiermumien umher. So machte der alte Mann in seiner Umgebung und in dem ungewissen flackernden Schein der Lampen beinahe einen gespenstigen Eindruck, der durch das weiße Linnengewand, womit er bekleidet war, noch erhöht wurde.

Der Oberpriester Merab schien an seiner Lektüre keinen rechten Gefallen zu finden; denn er rollte den Papyrus zusammen und schob ihn mißmutig beiseite. Dann lehnte er sich in die Polster seines Sitzes zurück und fing an zu sinnen. Doch das was er sann mußte auch nicht allzu angenehmer Natur sein; denn seine an und für sich schon unschönen Gesichtszüge verfinsterten sich immer mehr und seine Augen nahmen einen gehässigen Ausdruck an.

Merab war auch wirklich übler Laune, und Ursache dieser üblen Laune waren zwei Leute, nämlich Neter und — der Pharao.

Das Grasmückchen hatte ihm erzählt, daß Neter derjenige gewesen sei, der die heiligen Jungfrauen der Isis entführt habe. Die That an und für sich hatte ihn schon sehr erzürnt; denn das Haus der heiligen Jungfrauen war sein Augapfel und die jugendlichen Gestalten waren seine Augenweide. Und diese hatte der Allerwelts-Neter angetastet; ein solcher Frevel durfte nicht ungestraft bleiben. Merab hatte also einen Boten an den Pharao gesandt und um Bestrafung des Missethäters gebeten; denn er selbst hatte keine Macht über ihn. Der Pharao aber, der Neter wohl leiden mochte und der aus der Zeit, da jener an seinem Hofe geweilt, wußte, was er für ein munterer und lustiger Patron war und daß man es bei ihm, besonders mit Weibersachen, nicht allzugenau nehmen dürfe, hatte nur gelacht und dem erzürnten Oberpriester zurück berichtet: er solle die Sache auf sich beruhen lassen, es würden sich in Memphis wohl wieder andere Jungfrauen zum Isisdienst finden; übrigens seien die Entführten alle — wie ihm berichtet worden — zu Saïs in den Tempel des verschleierten Bildes eingetreten, und somit sei Alles aufs Beste geordnet. Neter solle also kein Haar gekrümmt werden.

Merab hatte getobt, als er diesen Bescheid erhielt; aber was hätte er dagegen machen sollen? Er hatte sich damit begnügen müssen bei den nächsten Opferhandlungen gegen den selbst in den höchsten Kreisen einreißenden Unglauben zu donnern und die schwersten Strafen der Götter in Aussicht zu stellen.

Doch wieder war das Grasmückchen zu ihm gekommen und hatte ihm von Neters neuen und sonderbaren Ideen erzählt, wie er seine Sklaven freigelassen und die Gleichheit aller Menschen lehre. Auch brachte sie ihm eine Abschrift von Neters neuem Papyrus, die ihr natürlich Chefer verschafft hatte.

Wieder hatte Merab gejubelt. Nochmals war eine Anklageschrift wider Neter, der das verräterische Manuscript beigelegt worden, an den Pharao abgegangen. Doch dieser hatte sich auch dadurch noch keineswegs in Aufregung versetzen lassen. Der Brief, den er dem Oberpriester als Antwort sandte, lautete:

„Wir, von Osiris Gnaden Pharao in Ober= und

Unterägypten, Herr zu Meroe und Ammon, Beherrscher der Lebendigen und der Toten, Statthalter des Osiris auf Erden, u. s. w. u. s. w.

entbieten Merab, dem Oberpriester zu Memphis, der zweiten Haupt- und Residenzstadt Unseres Reiches, Unsern Gruß zuvor.

Folgendes thun Wir kund und zu wissen:

Laß doch, Merab, den Träumer träumen was er will. Mit seinen Sklaven und seinem sonstigen Vermögen kann er schalten nach seinem Gutdünken. Was kümmert es dich, wenn Neter Vergnügen daran findet, sich die Sandalenriemen selber zu wichsen? — Der eingesandte Papyrus ist übrigens viel zu wissenschaftlich und langweilig geschrieben, als daß er Schaden anrichten könnte. — Lasse also Neter ungeschoren. Solches gebieten und befehlen Wir dir.

Dein wohlaffectionnierter

Tutmosis XXXIV. Pharao."

Dieses Schreiben hatte Merab heute erhalten, und das erklärt seine schlechte Stimmung. Nun sann er und grübelte, wie er dem verhaßten Neter wohl beikommen könne, aber es wollte ihm nichts einfallen.

Da bewegte sich etwas in seinem Gemache. Er sah auf. — Sab (d. h. Schakal), sein Leibdiener, war leise hereingekommen und meldete, daß Sebeth, die Tochter der Witwe Ptasusu ihn zu sprechen wünsche. Dieser Besuch paßte nun Merab grade gut; er war hoch erfreut darüber und ließ die Jungfrau sofort eintreten.

Mit fromm niedergeschlagenen Augen trat das Grasmückchen ein. Sie war dunkel und höchst einfach gekleidet, nur um den Hals trug sie als Schmuck eine Kette von bunten Perlen, an welcher ein heiliger Nilschlüssel hing. Am Stirnband aber erglänzte ein großer heiliger Skarabäus.

Merab begrüßte die Jungfrau und fragte nach ihrem Begehr.

— „Du weißt, wie sehr ich die Götter liebe" — fing sie an — „darum bin ich gekommen, um dir wichtige Kunde zu bringen. Dafür darfst du mir aber auch eine kleine Bitte nicht abschlagen. Gieb mir ein Weniges von dem Gift, von welchem du mir das letzte Mal erzählt hast und das solche Wirkung hat, daß wer es nur leicht mit den Lippen berührt, sogleich tot hinfällt."

— „Das darf ich nicht;" entgegnete Merab.

— „Dann darf ich dir auch keine Kunde bringen. Es betrifft Neter."

— „Neter? Dann ist es etwas anderes. Aber was willst du mit dem Gifte anfangen?"

— „Das sei meine Sache. Die Nilratten will ich damit töten, die mir das Gartenhaus unsicher machen."

— „So! Dann mag es sein. Hier ist ein kleines Fläschchen davon; aber nimm es wohl in Acht."

— „Gewiß!"

— „Und nun, die Kunde?"

— „So höre denn: Neter ist damit beschäftigt ganz Ägypten auf eine Tafel zu zeichnen, den Lauf des Nils, die Berge, die Städte und Dörfer, und auch Pa-Lua geht mit der Zeichenmappe umher und hilft ihm bei der Arbeit."

— „Neter ist ein schändlicher Mensch; aber selbst beim besten Willen kann ich in dieser Beschäftigung nichts Böses entdecken; und der Pharao wird natürlich noch weit weniger ein Unrecht dabei finden als ich. Du kennst ja seine Ansicht über Neter. Hier, dieser Brief bestätigt sie."

Das Grasmückchen las den Brief des Pharao, und gab ihm dem Alten mit den Worten zurück:

— „Laß dich das nicht anfechten. Diesmal sehe ich das Sträfliche von Neters Handlung. Wie wäre es, wenn er hinginge und die Tafel dem Feinde überreichte, damit dieser Herr werde über Ägyptenland?"

— „Das hat dir Osiris eingegeben," rief Merab; „Anubis, der schakalköpfige Gott hat es dir zugeflüstert. Nun haben wir ihn; wir können ihn fassen und dabei retten wir noch das Vaterland! Gelobt sei die milde Isis, gelobt der strahlende Osiris, gepriesen der sperberköpfige Horus. Hier, nimm diesen kostbaren Anch, diesen Nilschlüssel, trage ihn an Stelle des einfachen, der an deinem Halse hängt und gedenke des dankbaren Merab."

Damit verabschiedete er das Grasmückchen.

Die Jungfrau aber ging voller Fröhlichkeit nach Hause. Nun mußte ihre Rache gelingen.

* * *

Neter arbeitete mit einem Fleiße, den er sich früher selber kaum zugetraut hätte, an seiner Abbildung von Agypten. Pa-Lua half ihm dabei, sie war freundlich gegen ihn; aber sie gestattete ihm immer noch nicht die mindeste Vertraulichkeit. Erst nach der Arbeit sollte ihm der Lohn werden. So rückte das Werk denn rasch vorwärts und war schon der Vollendung nahe.

Da — als die Liebenden eines Tages beisammen

saßen und zeichneten — erschien plötzlich ein Kriegsoberster des Pharao und verhaftete beide. Sie wurden in einen finstern Turm gesperrt, aber zu ihrem Trost in zwei benachbarte Zellen, so daß sie sich durch Klopfen gegenseitig verständigen konnten. Auch hatte man ihnen erlaubt ihre Harfen mitzunehmen. Nun sangen sie zuweilen beide in ihren Zellen gar wunderschön, so daß es ordentlich rührend anzuhören war.

Aber das war noch nicht das letzte Unglück, das über Neter hereinbrechen sollte.

Als die beiden Verlobten in festen Gewahrsam gebracht worden waren, begab sich der Kriegsoberste zu Neters Mutter, zu der armen Frau Cheretris.

Diese hatten seit des Gatten Tod ihren Schmerz mit den ihr von ihm hinterlassenen Opiumkügelchen zu stillen gesucht und lebte nun in Folge dessen ein ähnliches Traumleben wie früher ihr Gatte, der selige Mulabj Chufu.

Die gute Frau erschrak natürlich furchtbar, als der wilde Krieger in ihr Gemach eindrang und von ihr begehrte, daß sie ihm sämtliche Papiere und Schriften ihres Sohnes ausliefere. In ihrer Angst wußte sie gar nicht was sie thun sollte, und da nahm sie denn zu ihrem berühmten Universalmittel, den Opiumpillen ihre Zuflucht. Unglücklicher Weise aber aß sie in ihrer Verzweiflung alle die in dem Büchschen noch vorhandenen Kügelchen auf einmal auf und starb so eines elenden Todes.

Als der Kriegsoberst das sah, glaubte er, Frau Cheretris sei an dem Complotte ihres Sohnes beteiligt gewesen, und sie habe sich deshalb das Leben genommen.

In seinem Zorne darüber, ließ er den Palast des Chufu von seinen Kriegsknechten umzingeln und an allen vier Ecken anzünden. In wenigen Stunden war alle Pracht und Herrlichkeit nur noch ein Schutt- und Trümmerhaufen.

Ganz Memphis aber entsetzte sich und die Leute sprachen: Was für ein schrecklicher Übelthäter muß Neter sein, daß ihn Pharao also hart bestrafen läßt. Und in den Weinschenken und Bierhäusern meinte Dieser und Jener: Ich habe schon lange nicht viel von ihm gehalten. Ein Anderer aber rief: Die Strafe des Pharao ist gerecht, denn der Neter hat von Kindheit an nichts getaugt. Und alle alten Weiber behaupten, sie hätten es schon längst prophezeit, daß dieser Mädchenjäger ein Ende mit Schrecken nehmen müsse. Keiner aber dachte mehr daran, daß sie vor noch nicht allzu langer Zeit, Alle in Feierkleidern hinausgezogen waren, um ihn zu empfangen und daß sie seinetwegen alle Straßen von Memphis mit Blumengewinden bekränzt hatten. So schnell wendet sich die Gunst des Volkes von demjenigen, den das Glück verlassen hat.

X.

Als die Flammen von Neters Heim hoch aufloderten, da stand das grausame Grasmückchen am Fenster und freute sich, daß der abendliche Horizont noch röter erschien als gewöhnlich; und sie klatschte in die Hände, wenn eine recht große Feuergarbe emporstieg, um wie ein wundervolles Feuerwerk in unzähligen Sternschnuppen wieder zur Erde zu fallen.

Aber je mehr Schandthaten sie auf ihr Gewissen häufte, um so mehr fand sie Vergnügen daran und so geriet sie nach und nach in einen wahren Paroxismus der Schlechtigkeit. Sie ging nach dem brennenden Palast des Chufu, weinte unzählige Krokobilsthränen, und verlangte nach ihrer kleinen Freundin, der nun ganz verwaisten Naïdja. Nach einigem Suchen fand sie die Kleine im Schutze ihrer Erzieherin Uarda.

Das Grasmückchen konnte zwar beide nicht ausstehen; dennoch aber lud sie die Schwergeprüften ein, zu ihr hinüber zu ziehen; im Hause ihrer Mutter sollten sie ein neues Heim, in ihr, dem Grasmückchen, aber eine treue Schwester finden. Die arme Uarda, die sich weder zu raten noch zu helfen wußte, nahm natürlich das großmütige Anerbieten für sich und ihre Schülerin dankbar an. So wurden denn der Enkelin des Muladj Chufu und ihrer Erzieherin die Frembenzimmer im Palaste der Witwe Ptafufu eingeräumt.

Mitten in der Nacht aber stand die kleine Naïdja auf und sprach zu ihrer Gouvernante:

— „Ich sehe schon, ich bin die allein Tugendhafte und die allein Gescheidte. Ich muß diese furchtbaren Wirrsale lösen; das ist meine Aufgabe, die Aufgabe eines zehnjährigen Wunderkindes."

Ehe die Erzieherin ob diesen wundersamen Reden noch recht zur Besinnung gekommen war, da war die kleine Naïdja schon entwischt.

Sie schlich heimlich aus dem Hause der Ptafufu und begab sich geradewegs zu dem Juden Hananel. Bei diesem versetzte sie mit einer Sachkenntnis, die man manchem erwachsenen Menschen kaum zutrauen kann, einen kostbaren Ring. Von dem also erlösten Gelde verschaffte sie sich die Kleidung eines Knaben. Dann steckte sie die Pläne Neters — die sie vorsichtigerweise schon früher auf die Seite geschafft hatte, zu sich), nahm einen Stab in die Hand und wanderte getrost nach Theben zum Pharao, dem sie die Arbeit Neters vorlegen und die ganze Intrigue des Grasmückchens enthüllen wollte; denn sie fröhnte bekanntlich der Gewohnheit des Lauschens und wußte immer ganz genau Alles was vorging, noch viel genauer als Chefer, der im Spionieren im Vergleich mit ihr nur ein kleines Kind war. Während aber Chefer aus heißer Liebe zu Sebeth zum Spion wurde, so lauschte sie hingegen nur aus purer Tugendhaftigkeit und in den reinsten Absichten. Sie zweifelte auch keinen Augenblick an dem Gelingen ihres Planes, darum wanderte sie fröhlich und wohlgemut durch das Südthor von Memphis nilaufwärts Theben zu.

Am andern Morgen waren natürlich Alle über Naïdja's Verschwinden höchlichst verwundert; aber Niemand erfuhr, was aus ihr geworden war; denn sie hatte allen Leuten, die um ihr Vorhaben wußten einen fürchterlichen Eid abgenommen, der ihnen den Mund verschloß.

* * *

Inzwischen gingen die Ereignisse ihren Lauf. — Neter und Pa=Lua wurden zum Tode verurteilt. Aber der Oberpriester Merab hatte eine ganz besondere Strafe für sie ausgesonnen.

Jedes Jahr, bevor der Nil zu steigen anfing, wurden der Gottheit des Flusses ein Mann und eine Jungfrau geopfert. Diese wurden Nilbräutigam und Nilbraut genannt, und das Volk glaubte, daß von dieser Opferung das Schwellen des Stromes und somit die Fruchtbarkeit des Landes abhänge. In den ältesten Zeiten waren die zu opfernden durch das Los bestimmt worden, in der schon viel civilisierteren Zeit des Reiches von Theben aber verwandte man meistens nur Verurteilte zu dieser Zeremonie. Diesmal hatte nun Merab Neter und Pa=Lua als Nilbräutigam und Nilbraut ausrufen lassen, — und alles Volk jubelte.

Nur diejenigen Frauen und Jungfrauen, die Neter einst geliebt hatte und die trotz allem was geschehen war, von seiner sinnberückenden Liebe nicht ablassen wollten und konnten, diese jammerten und klagten. Alle, denen

er damals den Absagebrief geschrieben hatte, zerflossen in
Thränen. Jede dachte: O, wenn er doch zu retten wäre,
seiner Retterin würde er gewiß Herz und Hand schenken.
Selbst Netitis war von Theben nach Memphis geeilt,
aber auch sie konnte nichts zur Rettung ihres geliebten
Neter beitragen.

Als nun Sebeth, das falsche, böse Grasmückchen, die
vergeblichen Anstrengungen dieser Frauen sah, da ward
sie sehr zornig und sprach bei sich selber:

— „Ich will und kann es nicht leiden, daß alle
Welt Neter, den mir versprochenen Neter lieben will.
Aber nur zu, ihr Rivalinnen, das Grasmückchen hat schon
ein Mittelchen, euch aus dem Weg zu schaffen."

Damit ging sie hin und bereitete aus dem Gift, das
sie von Merab erhalten hatte eine süßduftende Pomade
und salbte damit ihr Haar. Der Geruch dieser Pomade
war aber so fein und so eigenartig, daß er jedes weib=
liche Herz in Entzücken versetzen mußte.

Dann ließ sie bekannt machen, daß alle Frauen
oder Jungfrauen, die zu Neters Rettung beitragen und
mit helfen wollten, sie aufsuchen und sich mit ihr be=
raten möchten, was zu thun sei.

So kamen denn alle zu ihr: Netitis aus Theben,
Uarda, die Erzieherin, die blonde Memna — die von dem
Falle wieder genesen war und die sogar durch jene Ver=
letzung am Kopfe ihren Verstand wieder gefunden hatte
— ferner Chrusis, die Tochter des Tabu und viele andere.
Allen aber fiel — sobald sie zu Sebeth hereinkamen — der
überaus liebliche Pomadenduft auf und Alle trieb die
weibliche Neugier nach der Pomade zu fragen. Da
reichte denn das gefällige Grasmückchen einer jeden das

vergiftete Haar zum Kusse dar und Alle küßten es, und Alle, Alle fielen sofort, nachdem sie es mit den Lippen berührt hatten, tot zur Erde.

Jetzt schien endlich des Grasmückchens Rache befriedigt. Sie freute sich des gelungenen Streiches und dachte:

— Nun wird sich in ganz Agypten keine Hand mehr zu Gunsten Neters rühren; dieses Neters, der mich, das Grasmückchen, die reichste Erbin des Landes, verschmäht hat.

Dabei hatte sie natürlich die verschwundene Naïdja ganz vergessen. Aber diesem Kinde traute sie überhaupt keine ernsthafte und überlegte Handlung zu. Mit frohem Sinn — wenn auch von dem eben Erlebten noch etwas angegriffen — begab sie sich nach dem Zimmer der Mutter, um mit ihr den Rest des Tages gemeinsam zuzubringen. Aber ach, sie hatte vergessen sich zuerst das Haar auszuwaschen, und nun wirkte die berückende Pomade auch auf die eigene Mutter; denn diese hatte kaum den Duft gerochen, als sie auf ihre Tochter zu eilte und sie küssen wollte. Das entsetzte Grasmückchen bot nun zwar alle Kraft auf um die geliebte Mutter von dem verderbenbringenden Kusse abzuhalten, aber umsonst — — die Witwe Ptasusu küßte das Haar ihrer Tochter und fiel tot zur Erde.

Nun kam aber das Grasmückchen doch zur Besinnung und fürchterlich rief ihm das erwachende Gewissen alle Schandthaten zu, die es begangen hatte.

Sebeth, Sebeth — tönte es in ihrem Innern — hast du nicht den Brand von Neter's Haus, hast du nicht den Tod der armen Frau Cheretris verschuldet? sind nicht

deinetwegen Pa-Lua und Neter als Nilbraut und Nil=
bräutigam einem unschuldigen Tode verfallen? ist nicht
auch — es geschah erst gestern — der arme Chefer, da
er für dich spionieren wollte, vom Dache gestürzt und
tot weggetragen worden? und hast du nicht die schöne
Netitis, die blonde Memna, die artige Chrufis, die ge=
lehrte Uarda und so viele andere Frauen und Jungfrauen,
die dir niemals etwas Böses zugefügt haben — ja hast
du nicht deine eigne Mutter leichtsinnig hingemordet?
O Sebeth! Sebeth! du kleine, niedliche, hundertfache
Mörderin!

Das Grasmückchen hatte aber einen eigentümlich
zähen Charakter; es beschloß daher nicht etwa im Über=
maß seiner Sünden wahnsinnig zu werden oder etwas
Ähnliches, sondern — die Schuld zu sühnen!

Dieser erhabene Gedanke gab dem Mädchen eine
Ruhe und Festigkeit, die kaum zu beschreiben ist. Ohne
Zögern ließ sie die Einbalsamierer kommen und die Leichen
all ihrer Opfer in schöne Mumien verwandeln. Dann
begab sie sich zu einem Rechtsgelehrten und ließ ihr
Testament aufsetzen. Nachdem dies besorgt war, legte
sie sich ruhig nieder und schlief die Nacht recht gut
und fest.

* * *

Inzwischen war der große Tag der Opferung heran=
gekommen, und alles Volk strömte an das Ufer des Nils.
Für die Reichen und Vornehmen hatte man Bretterge=
rüste und Tribünen erbaut, von welchen aus man die
Zeremonie bequem überblicken konnte; und so groß war
der Andrang zu diesem grausamen Schauspiel, daß ein

einzelner Platz oft mit mehreren Goldstücken bezahlt wurde. Gegen Mittag stand das Volk so dicht gedrängt, daß keine Dattel zur Erde hätte fallen können. Alles war voll banger Erwartung.

Da ertönte endlich aus der Ferne schallende Musik und der Fest= oder der Richt= oder der Trauerzug — wie man ihn am liebsten nennen will — nahte. Auf den heutigen Beschauer würde die nahende Schar den Eindruck eines Fastnachtszuges oder auch den eines feier= lichen Zuges in einer schlecht inscenierten Oper, vielleicht der Aïda oder der Zauberflöte gemacht haben, so mannig= fach und widersinnig waren die Kostüme, in welche man — um der Sache größeren Pomp und der Handlung eine gewisse verzögernde Spannung zu verleihen — die Mitwirkenden gesteckt hatte. An weißgewaschenen Jung= frauen, an singenden Knaben, an tanzenden Meretrices*) war kein Mangel. Nachdem — natürlich nur der nöti= gen Spannung wegen — wohl eine ganze Stunde lang allerlei niederes Volk, Grobschmiede und Gassenkehrer, als Götter und Halbgötter verkleidet, vorbeigezogen waren, nahte endlich der Nilbräutigam, von zwölf Jungfrauen, und die Nilbraut, von zwölf Jünglingen geführt. Hinter und neben dem Zuge her, trieben als Krokobile und als Frösche verkleidete junge Leute allerlei, nicht immer sehr anständige Späße.

Neter sah bleich aus, aber gefaßt; ebenso Pa=Lua.

---

*) Aus Zartgefühl für das schönere Geschlecht will ich diesen Ausdruck nicht verdeutschen. Wenn aber die Neugierde eine meiner Leserinnen allzusehr plagen sollte, so mag sie selbst, wenn's gerade Niemand sieht, das Konversationslexikon oder ein lateinisches Wörter= buch zur Hand nehmen und nachschlagen.

Beide traten ganz vorn an den Rand des Gerüstes, das man eigens für die Zeremonie in den Nil hinausgebaut hatte.

Da reichte Pa-Qua Neter noch einmal die Hand und sprach:

— "Das also, Neter, ist unsere Hochzeit!"
Und er antwortete:

— "Das ist unsere Hochzeit. Warum hast du dich aber gerade auch in mich, in den Nilbräutigam verliebt?"

— "Und du in die Nilbraut?" antwortete sie leise; und beide seufzten.

Da trat Merab vor, der Oberpriester, und hielt eine lange, lange Rede. Das Volk hörte nicht viel darauf; denn es fand an den Scherzen der Spaßmacher viel mehr Gefallen, aber für die beiden Nilverlobten*) war sie eine Qual. — Endlich, endlich hatte er geendet und nun trat er vor, legte die Hände der beiden „Nilverlobten" (nettes Wort — was?) in einander und gebot, daß man sie in die Fluten stürze. Zwei handfeste, als Götter verkleidete Kerle — es waren Schlächtergesellen — traten vor und faßten die Beiden an. Ein Ruck und — — — — — da löste sich ein prächtig geschmücktes Schiff vom Ufer. Durch die Ruderkraft von hundert riesenstarken nubischen Sklaven getrieben, schoß es pfeilschnell über den Strom und legte sich gerade in dem

---

*) Dieses Wort ist so schön, daß wir lange Zeit zögerten, ob wir es uns nicht patentieren lassen sollten; einem besseren Gefühle folgend liefern wir es aber hiermit großmütig in den deutschen Sprachschatz ab.

Augenblicke quer vor das Gerüst, wo die „Nilverlobten" ins nasse Brautbett gestürzt werden sollten.

— Das ist die Pracht-Barke der Wittwe Ptasusu selig, riefen Alle erstaunt, und die Spannung, was nun kommen sollte war auf allen Gesichtern zu lesen.

Merab aber schimpfte wie ein Rohrsperling und gebot, die Barke müsse Platz machen. Allein die Barke wich nicht von der Stelle.

Da erschien plötzlich auf dem Deck derselben das Grasmückchen als Lotosblume verkleidet, und schwang sich behend von da auf das Gerüst zu den Nilverlobten.

Nun ruderte die Barke wieder eilig davon.

Kaum hatte die Barke Raum gegeben, so fasste das Grasmückchen den Oberpriester Merab bei der Hand, rief: „Volk von Agypten, wir sind die rechten Nilverlobten!" und sprang, den alten Mann nach sich ziehend in die Fluten. Merab stieß einen Schrei aus und versank. Das Grasmückchen aber tauchte als gute Schwimmerin wieder auf, machte ein paar schöne Kunststückchen im Wasser, verneigte sich — so gut es in dieser schwierigen Situation gehen wollte — graziös vor dem Publikum — dann erst tauchte sie unter und ertrank freiwillig.

Das alles war das Werk eines Augenblicks gewesen.

Ein unbeschreiblicher Tumult folgte dieser Scene und es wäre wahrscheinlich eine große Verwirrung entstanden, wenn die Aufmerksamkeit der Menge nicht durch ein neues Ereignis in Anspruch genommen worden wäre. Ein Reiter sprengte schweißtriefend und staubbedeckt heran und gerade auf die versammelte Menge zu — die bei seinem Nahen scheu zur Seite wich. So gelangte er bis auf das Gerüst, wo noch die Nilverlobten ihres Schicksals gewärtig standen. Hier zeigte es sich nun, daß der Reiter niemand anders war als die kleine Naïdja. Sie brachte Neter und Pa=Lua die Gnade des Pharao. Und nicht nur diese hatte sie erwirkt; nein, sie hatte überdies dem gewaltigen Herrscher eine so hohe Meinung von Neters Vorzüglichkeit beigebracht, daß er ihn ungeachtet seiner Jugend, in alle Würden und Ämter, die sein Vater der Muladj Chufu, innegehabt hatte, einsetzte.

Nun war der Jubel unbeschreiblich.

Neter und Pa=Lua feierten eine prächtige Hochzeit. Wieder wurde ganz Memphis zu Neter's Ehren geschmückt und bekränzt. Auch Pa=Lua's alter Vater, der lange in der Kriegsgefangenschaft geschmachtet und nun durch die Sorge seiner Tochter ausgelöst war, kehrte heim; leider aber konnte der alte Mann die Freude des Wiedersehens nicht ertragen und starb sogleich in Pa=Lua's Armen. Sebeth, das Grasmückchen, aber hatte ihr ganzes großes Vermögen, dem nun schließlich doch durch sie geretteten Nilbräutigam vermacht. In ihrem Hause wurde die Hochzeit gefeiert. Bei den Freudenfesten der Ägypter durften aber auch die lieben Verstorbenen nicht fehlen; so standen in dem Saal, wo das Hochzeitsmahl ein= genommen wurde die Mumien Aller derjenigen, denen die feste Liebe der Neu= oder besser der Nilvermählten, das Leben gekostet hatte. Das waren:

Der Muladj Chufu.

Cheretris, seine Frau.

Der Oberpriester Merab.

Sebeth, das Grasmückchen — die Leichen der beiden letztgenanuten waren natürlich aufgefischt und und kostbar einbalsamiert worden.

Die Witwe Ptasusu.
Netitis aus Theben.
Die blonde Memna,
Chrufis, des Tabu Tochter,
Alle die zahlreichen früheren Geliebten Neters,
Der arme Chefer,
Uarda, die Erzieherin und endlich
Der Dienstmann Anubis.

Die kleine Mumie des Grasmückchens aber war mit Lotosblumen bekränzt und hatte den Ehrenplatz. — So feierte seine Hochzeit
  der Nilbräutigam.

Nachwort.

Der Nilbräutigam bedarf natürlich auch keines Nachwortes; — dennoch gebe ich aber hier eines zu.

Um die Zeit, wo man sich im deutschen Norden für das Weihnachtsfest zu rüsten beginnt, saßen in dem prächtigen, in seiner Art einzigen Palmengarten vor dem Hôtel du Nil in Caïro ein Herr und eine Dame an einem kleinen Tischchen und schlürften den duftenden Mocca, der dort nicht, wie hier zu Lande, ein bloßer Begriff, sondern Thatsache ist.

Er war ein deutscher Gelehrter — sie war seine Gattin.

— „Denke dir, hub er an, was ich gestern entdeckt habe: einen veritablen ägyptischen Kolportageroman. Die Geschichte ist ziemlich vollständig und bedarf nur einiger leichter Ergänzungen. Die einzelnen Bruchstücke, die mir davon in die Hände fielen, sind teils in koptischer, teils in arabischer Sprache auf schlechtes, minderwertiges Pergament geschrieben.

— „Was, ein Kolportageroman?" — frug sie verwundert — „gab es denn in alten Zeiten auch schon dergleichen?"

— „Warum nicht? Wenn ich den Inhalt der betreffenden Erzählung genauer betrachte, so muß ich es sogar fest annehmen. Das Buch scheint in der ersten Zeit der Araberherrschaft verfaßt worden zu sein und wahrscheinlich gab es damals auch schon Sklaven und Sklavinnen, denen es Bedürfnis war, sich von Zeit zu Zeit für ein paar Groschen eine Fortsetzung irgend einer spannenden Geschichte zu erwerben — und wahrscheinlich gab es auch schon damals Skribenten und Abschreiber, die aus dieser Leidenschaft des niederen Volkes ihren Nutzen zogen."

— „Woraus schließt du denn, daß das Buch gerade ein Kolportageroman sei?"

— „Aus dem Inhalt; denn, wenn meine These richtig ist, daß sich der Menschengeist in seiner Wesenheit im Laufe der Jahrtausende gleich bleibt und nur in der Form sich verändert, so steht fest, daß ein gebildeter Mensch, welches Jahrhundert man auch annehme, an einer solchen Geschichte niemals Gefallen gefunden haben kann. Zu allen Zeiten konnte nur das Kolportagepublikum solche Unmöglichkeiten goutiren."

— „Nun so sei es denn, du magst recht haben; denn du weißt ja für Alles eine Erklärung. Aber was willst du mit dem Ding anfangen."

— „Was ich damit anfangen will? Einen kapitalen Scherz will ich mir damit machen."

— „Wieso das?"

— „Ich bearbeite das Fragment und lege es meinen lieben Landsleuten in der Heimat auf den Weihnachtstisch,"

— „Aber, bedenke doch, Lieber, deine Leser gehören

den besten Klassen, den sogenannten „oberen Zehntausend" an; diese Gesellschaft und — ein Kolportageroman!"

— „Was gilt die Wette, deine gebildeten Leser, diese „oberen Zehntausend" merken es gar nicht!"

— „Das ist unmöglich."

— „Du wirst es sehen."

— „Das muß man ja merken; alle die Schauergeschichten, von denen die Handlung strotzt; Mord und Totschlag; dann die groben Unmöglichkeiten, die Dei ex machinis!"

— „Gerade das zieht am meisten. Nur muß man Alles hübsch einzukleiden wissen. Besonders muß man mit vielen gelehrten Ausdrücken um sich werfen. Wenn z. B. von Ratsherren die Rede ist, so darf man nicht sagen die Räte der Stadt, die Stadträte, nicht einmal die Senatoren, nein, denn da könnte die Kammerzofe auch wissen, um was es sich handelt. Aber braucht man das griechische Wort „die Bouleuten" dann — weiß zwar die Gnädige auch nicht was das ist, aber wozu hat sie denn ein Konversationslexikon? So giebt es noch viele Beispiele."

— „Ja, es ist aber auch reizend, wenn man während des Lesens, immer hin und wieder etwas im Meyer nachzuschlagen hat; das Lesen wird dadurch von einem halben Müssiggang zu einer wirklichen Beschäftigung erhoben; und man profitiert auch etwas bei der Lektüre, man lernt Neues, das man immer wieder in der Konversation geschickt verwenden kann."

— „Siehst du, da gehst du ja selber in die Falle. Ja so seid ihr. Früher da las man um sich etwas beim Lesen und über das Gelesene zu denken; heutzutage soll, einem das Lesen sogar für die „geistreiche" Konversation die Arbeit des Denkens ersparen. Ja, wenn der „gebildete" Leser sogar noch zu träge ist irgend ein Lexikon aufzuschlagen, dann kann er aus den „wissenschaftlichen" Anmerkungen immer noch dies und das aufschnappen. Siehst du so muß man's machen. Darüber vergißt man die Unmöglichkeiten des Inhalts. Darum werde ich mir jetzt den Spaß machen, den lieben Lesern diesen Kolportageroman aufzutischen, und sie sollen es nicht merken. Ja wenn ich es ihnen später einmal sage, so werden sie es gar nicht glauben wollen. Aber eines fehlt mir leider noch zu der Geschichte."

— „Was denn, mein Lieber?"

— „Ein packender Titel."

— „Hat denn deine Geschichte keinen Titel?"

— „Doch freilich, aber er ist etwas weitläufig und klingt auch etwas barok. Er heißt nämlich: ‚Neter, der Göttliche oder Listiger Diebstahl und ungerechtes Gericht, oder Furchtbar blutige Rache eines kleinen Fräuleins; eine Raub= und Schreckensgeschichte mit gütlichem und moralischem Ausgang'."

— „So kann es allerdings nicht heißen, da wäre unser Geheimnis verraten und das Buch würde niemals salonfähig. Aber laß mich ein wenig nachsinnen. — Kommt auch ein recht idealer Held darin vor?"

— „Gewiß, sogar ein sehr idealer, d. h. im Kolportage=geschmack."

— „Schon recht — man kanns — nein es geht doch nicht — aber halt, jetzt hab ichs — sag mir — kriegen sie sich denn am Schluß?"

— „Ja wohl."